MUSIC ON
뮤직 온

뮤직 온 3

초판 1쇄 찍은 날 2009년 1월 29일
초판 1쇄 펴낸 날 2009년 2월 5일

지은이 | 강선우
펴낸이 | 서경석

편집장 | 문혜영
책임편집 | 정서진
편집 | 문정흠

펴낸곳 | 도서출판 청어람
등록번호 | 제1081-1-89호
등록일자 | 1999. 5. 31
어람번호 | 제 1-1025호

주소 | 경기도 부천시 원미구 심곡2동 163-2 서경B/D 3F (우) 420-822
전화 | 032-656-4452   팩스 | 032-656-4453
http://www.chungeoram.com
E-mail | eoram99@chollian.net

ⓒ 강선우, 2008

ISBN 978-89-251-1667-9 04810
ISBN 978-89-251-1607-5 (세트)

Concept Book 연예(演藝)
강선우 소설
뮤직 온
MUSIC ON
3 새로운 시작
[전 3권]
청어람

CONTENTS

Lesson 1 데뷔 무대를 잡아라

　난 그 후로도 어떻게든 데뷔 무대를 잡기 위해 사방팔방으로 뛰어다녔다. 그러나 일단 수도권 내의 모든 공중파 음악 프로그램의 PD들은 무조건적으로 나를 거부했고, 심지어 지방 케이블 방송조차도 날 받아주지 않았다.

　물론 가볍게 생각하자면 그럴 만도 했다.

　방송은 한정되어 있는데 신인들은 쏟아져 나오고 있으니 말이다.

　문제는 그런 종류의 것이 아니라는 데 있었다.

무조건적인 거부, 심지어 그들은 미팅조차도 허락해주지 않았다. 난 이 일이 바로 그 변태녀 민경아라는 여자의 술수인 것을 깨달았다. 결국 그날도 아무것도 건지지 못하고 집에 돌아온 난 현관에 가지런히 놓인 두 쌍의 신발을 볼 수 있었다. 미란이와 수진이의 신발이었다.

"…어떻게 들어온 거야?"

분명 할아버지 신발은 없었다.

집에 없다는 뜻이다.

음, 어떻게 된 거지? 문 열어주고 볼일 보러 잠시 나간 건가? 뭐, 가보면 알겠지.

"…완전 살판났구나."

지하실로 내려가 녹음실 문 앞에 선 난 건너편으로 보이는 두 사람의 모습에 한숨을 쉴 수밖에 없었다. 두 사람은 말 그대로 모든 장치를 풀가동시킨 채 춤을 추며 연습을 하고 있었던 것이다. 저렇게 돌리는 데 드는 돈이 얼만데 겁도 없이……. 와, 미치겠네. 누구 허락 받고 저러는 거야? 주인도 없는 집에서?

"…하아!"

그렇게 혈압을 올리던 나였지만 너무도 열심히 연습하는 아이들을 보며 흥분을 가라앉힐 수밖에 없었다. 그래, 내가 마음껏 사용하라 한 것도 있고, 또 저렇게 열심히 연습하는데 내가 뭐라고 하냐? 원래대로라면 벌써 데뷔 무대를 잡고 댄서들과 연습에 들어갔어야 하는데 다 내 잘못이다. 제길, 그때 좀 참았어야 하는 거였어.

그래, 내가 지금 누구에게 화낼 입장은 아니지. 릴렉스~ 릴렉스.

후우, 그러면…….

벌컥.

"와~ 열심이구나. 연습 잘되고 있어?"

"아, 오빠 왔어? 역시 환경이 좋으니 집중도 더 잘되는 것 같아. 미란이도 나도 컨디션 무지 좋아."

"잘됐네. 계속 더 해. 난 조금 있다가 나가봐야 할 것 같으니까."

"응."

수진이는 귀엽게 웃으며 다시 해드셋을 썼다.

난 뒤쪽 의자에 앉아 멍하니 그 모습을 바라보았다. 녹음실 안에 있는 미란이는 내가 온 것도 보지 못했는지 열심히 춤을 추며 노래를 부르고 있었다. 뭐, 녹음실에서 춤을 춘다고 생각하면 일반적으로 우습게 보이겠지만 내가 생각하기에는 꽤나 적절한 연습법이라고 본다.

미란이의 데뷔곡인 렛츠 번.

제목만큼이나 트랜디하면서도 뜨겁고 열정적인 댄스

곡이니만큼 춤과 보컬의 비율 조절에 최대한 능숙해질 필요가 있다. 일반적으로 춤과 노래 양면에서 완벽한 솔로 댄스 가수는 적어도 국내에서는 거의 없다고 표현해도 좋을 정도로 드문 존재다. 여자의 경우는 더욱 그렇다.

격한 춤을 추면서 흔들림없이 노래를 부른다는 것.

그건 해보지 않은 사람들조차도 인정할 정도로 어려운 것이기 때문이다. 그래서 립싱크를 하거나 안무를 최대한 활동량이 적게 리드미컬한 방향으로 짜는 경우가 대부분이다. 그게 보통이다.

하지만 남들이 다 하는 방식으로 해서는 절대 강렬한 인상을 남길 수 없다.

사실 가수로서 성공하는 방식은 멀리 돌아갈 것 없이 아주 본질적인 부분에서 찾을 수 있다.

춤 잘 추고 노래도 잘 부르는 것, 거기에 외모까지 특출나면 더할 나위 없을 것이다.

문제는 그 세 박자를 수준급으로 균등하게 갖추기가 너무도 힘들다는 것이다.

그래서 일반적인 기획은 세 가지 중 한 곳으로 맞추거나 그것도 아니면 특별한 마케팅을 이용하는 게 대부분이다. 그중 두 가지만 제대로 갖추고 나머지 하나가 어느 정도만 된다고 하면 실력파라는 인상을 줄 수가 있다.

그런 사람들조차도 드문 것이 현 국내 가요계의 현실이다.

아주 근본적이고 손쉬운 방법이 우습게도 가장 어렵고 힘든 방법으로 변해 버린 것이다.

개나 소나 가수를 한다고, 또 키워 돈 벌어보겠다고 설치니 이런 문제가 발생하는 거다.

적어도 나는 다른 것이 모두 안 되는 수진이네 기획사 재량으로 신인 가수를 키우려면 이 방법밖에는 없다고 생각했다. 하지만 그동안은 스케줄을 잡고 데뷔를 준비하느라 여러모로 정신이 없어 미란이의 미래에 대해 신경 쓰지 못했다.

사실 지금도 상당한 위기 상황이다. 여기서 이러고 있을 시간은 아닌 것이다.

하지만 일반적인 데뷔 방식이 모두 막혀 버린 이상 조금 머리를 식히며 다른 방법을 생각해 봐야 한다.

"됐어! 미란아, 이제 좀 쉬자!"

―응~ 근데 아침부터 밥도 못 먹고 연습했더니 너무 배고프다. 점심 먹자.

"그래. 마침 오빠도 와 있으니 잘됐네. 같이 식사나 하자."

―응? 오빠 왔어? 오빠!

내가 왔다는 소리에 미란이가 반가운 목소리로 빽! 소리를 질렀다. 후우, 그러고 보니 근 며칠간 미란이 얼굴도 보지 못했구나. 곧 우당탕 하는 소리와 함께 녹음실 내부 문이 열리며 땀에 흠뻑 젖은, 노란색 민소매와 탱크 탑을 연상케 하는 회색 반바지의 미란이가 내게 달려왔다. 내 앞에 선 미란이는 씩씩대며 말했다.

"뭐 하느라 전화도 안 받고 얼굴도 안 보였던 거야? 우리가 보고 싶지도 않았던 거야?"

"응? 보, 보고 싶었지. 그런데 스케줄 잡느라 시간이 좀 그래서……."

"그래서 뭐? 그깟 스케줄이 우리보다 중요하다는 거야?"

"그건 아니지만… 스케줄도 중요하지 않겠니? 네 데뷔 무대 때문에 그러는 건데."

"어? 지금 말대꾸하는 거야? 아~ 갑자기 머리가 아파 오려 그래. 수진아, 나 어지러워."

그때 갑자기 미란이가 나에게 두들겨 맞았던 부분에 손을 댄 채 비틀거리기 시작했다. 또 죽이 맞은 수진이는 그런 미란이를 부축한 채 걱정스런 표정으로 외쳤다.

"괜찮니? 오빠에게 맞은 곳이 아직 낫지 않은 거야?

응? 뭐라고? 오빠가 맛있는 식사를 사주면 괜찮아질 것 같다고?"

"……"

난 할 말을 잃은 채 그 모습을 바라보았다. 그러다 피식 웃고 말았다. 두 사람의 장난이 너무 귀엽게 다가온 까닭도 있었지만 요즘 내가 지친 것을 알고 또 내 마음을 풀어 주려 그러는 것 같았던 것이다.

"그래, 나가자. 간만에 고기나 좀 썰어볼까?"

"진짜? 오빠가 스테이크 쏘는 거야?"

"꺅~! 갑자기 힘이 솟는 것 같아!"

"뭐, 너희들과 식사한 지도 꽤 되는 것 같으니 그것도 괜찮겠지. 적당히 샤워하고 옷 갈아입고 나와."

"응!"

"위에서 기다려, 오빠? 가자!"

아이들은 몹시 좋아하며 황급히 달려나갔다. 그 모습이 괜스레 흐뭇하게 느껴져 난 빙긋 웃었다.

내가 아이들을 데리고 간 곳은 다름 아닌 저번 삼촌들과 함께 식사를 하던 그 레스토랑이었다. 거리가 꽤 있긴 했지만 몸소 찾아갈 만큼 가치가 있는 곳이기도 했다. 그 곳에서 식사를 즐기는 동안 우리는 꽤 즐거운 시간을 보낼 수 있었다.

이런 고급스러운 곳은 처음이었는지 아이들은 무척 신기해하면서도 자연스럽게 그 분위기를 즐길 줄 아는 것이 나로서는 무척 신기하고 재미있는 일이었다.

"와~ 고기 맛도 달라! 음, 내가 생각하기에 이건 한우야!"

"글쎄? 의외로 호주산일 수도 있어. 어지간한 소고기는 거의 호주산이라잖아?"

"그런가?"

난 말없이 두 아이가 하는 행동을 지켜보았다. 이렇게 보면 역시 한창때의 고교생이라는 게 느껴진다. 하지만 고교생과 연예인이라는 건 따로 떼어놓고 생각해 봐야 할 문제다. 저렇게 예쁘고 순수한 두 아이도 연예인이 되는 그 순간부터 처절한 전사가 되어 끝없이 이어질 싸움을 시작해야 한다.

연예계란 욕망을 바탕으로 이루어지는 세계.

그곳에 첫발을 들인 사람들은 결국 세 가지 분류로 나뉘게 된다.

욕망에 순응하고 먹히거나,

욕망에 맞서 싸우거나,

욕망에 휘말려 희생자가 되어 조용히 사라지는 것.

세 가지 다 슬픈 일이지만 많은 이들은 스스로 두 번째 경우가 되고 싶어한다.

자신만은 깨끗하게, 오직 실력만으로 정점에 올라서고 싶어한다.

자신이라면 적어도 그렇게 할 수 있으리라 자신한다.

하지만 알아야 한다.

그것이 가능했던 이들이야말로 역사에 이름을 남긴 패왕이고 전설이라 불렸던, 무리 스스로가 그토록 추앙하던 이들이라는 것을.

하늘은 공평하지가 않아 지극히 적은 소수의 사람들에게만 아낌없는 재능과 축복을 베풀어준다.

적어도 나는 확신한다.

그게 나와 내 주변 사람들은 아니라는 것을.

결국 철저히 준비하여 치열하게 싸우고 또 싸워서 쟁취해야 한다.

그것이 앞으로 내가 가야 할 길, 바로 내가 속할 세계이다.

"오빠, 무슨 생각해?"

그때 미란이의 음성이 들려왔다.

상념에서 벗어난 난 귀여운 입술을 오물거린 채 그렇잖아도 크고 맑은 눈을 더욱 동그랗게 뜨고 있는 미란이를 볼 수 있었다. 난 피식 웃으며 손을 뻗쳐 미란이의 기다란 머리를 비비며 말했다.

"음? 아니야. 그냥 잘 먹는다 싶어서."

"당연하지. 이렇게 멋진 곳에서 먹는 맛있는 음식인데. 그리고 오빠가 또 언제 턱을 낼 줄 알고? 이 기회에 실컷 먹어둬야지. 그치, 수진아?"

"응. 너무 좋다."

그렇게 말하며 정말 행복하다는 듯 웃는 두 사람.

난 그것을 보며 한 사람을 떠올렸다.

지금은 세상에 존재하지 않는, 아직 어린 내게 벌써부터 크고 무거운 마음의 짐을 안겨준 한 소녀. 난 어느덧 두 아이를 통해 민아의 그림자를 보고 있었다.

물론 둘을 통해 민아를 대신한다는 것은 아니었다.

다만 가끔 이런 생각을 하곤 했다. 예를 들자면, 지금 이런 자리에 민아도 함께했다면 얼마나 좋을까 하는 생각.

"입 좀 닦으면서 천천히 먹어. 안 뺏어 먹는다."

난 그렇게 말하며 냅킨을 집어 계속해서 두 아이의 입가를 닦아주고 고기도 먹기 좋게 잘라주었다. 아이들은 기분 좋게 그 행동들을 받아들이며 간간이 내 입에 고기와 구운 감자 등을 넣어주곤 했다. 참으로 화기애애한 분위기였다.

만약 이 모습을 모르는 사람들이 봤다면 날 어지간한 바람둥이로 봤을 것이다. 하지만 진짜 바람둥이나 연예의 고수들이 봤다면 내가 얼마나 지금의 이런 기본 매너를 익히기 위해 노력을 많이 했을지 공감했을 것이다.

민아를 위해 연구하고 또 연습했던 것들.

한심하다고 볼 수 있겠지만 평범한 내가 착하고 예쁜, 당시만 해도 학교의 퀸카였던 그녀에게 해줄 수 있는 건 이런 자잘한 것들밖에 없었다. 물론 본연의 집안만 보자면 세계의 그 어느 재벌도 무시할 수 없을 수준이겠지만 당시의 나는 그것을 병적이리 만치 거부하고 있었다. 그래서 내 생활비의 전부는 알바를 통해 벌어서 마련했다. 그것으로 생활비를 겨우 댈 수 있을 수준이었으니 데이트 자금이 어디 있었겠는가?

그래서 나는 적어도 나와 같이 있을 때에는 공원을 걷더라도 최대한 유쾌하고 편안한 시간을 보내게 하고 싶어 갖은 유머와 함께 매너들을 공부했다. 나중에 내가 내 힘으로 돈을 많이 벌게 되면 반드시 좋은 곳에 많이 데려가겠다는 작은 뜻을 품은 채.

물론 그것을 비전이 아닌 꿈으로만 남게 되었다.

내가 후회하는 것이 바로 그것이었다. 하다못해 맛난

것이라도 많이 사줬으면 좋았을 것을……. 요새 급격히 좋아진 생활 탓에 가끔 그런 생각을 할 때마다 난 그런 아쉬움에 젖곤 했다.

"많이 먹어. 얼마든지 시켜줄 테니까."

난 그렇게 웃으며 턱을 괴었다.

그렇게 식사를 마친 우리는 각기 기획사로, 그리고 약속 장소로 헤어지게 되었다. 내 약속 장소는 선릉역. 난 거기에서 이번에는 다른 방송국의 PD와 함께 식사를 하기로 했다. 비록 음악 전문 프로는 아닌, 연예 정보 프로그램이긴 했지만 그 정도만 해도 데뷔 무대로써 어느 정도 효과는 있을 터였다. 연예 정보 프로그램에서도 신인들을 소개하는 코너를 마련해 주기 때문이었다.

난 예전부터 국내 모든 방송국의 연예 정보 프로그램 PD들을 대상으로 미란이의 프로필 사진과 더불어 노래가 녹음된 곡들을 보냈다. 그중에서 연락 온 곳이 몇 군데 있는데, 지금 만날 진성우 PD가 바로 그중 한 명이었다.

"또 헛소리하면 아가리를 꿰매 버려야지."

난 그렇게 다짐하며 전철에서 내렸고, 곧 장소인 일식집으로 들어갔다. 난 고개를 두리번거리다가 작은 테이

블에 모자를 쓴 한 남자가 앉아 있는 것을 볼 수 있었
다.

음, 저 사람이 진성우 PD겠지?

"실례합니다만, 진성우 PD님 맞으시나요?"

"아, 혹시 권유빈 씨입니까?"

"네, 맞습니다. 제가 좀 늦었군요."

"아니요. 저도 방금 왔습니다. 앉으세요."

그는 웃으며 자리를 권했고, 난 앉으며 그의 얼굴을 바
라봤다.

안경을 쓴 비교적 선한 인상에 건장한 체격.

음, 첫인상은 합격!

"배고픈데 일단 주문부터 할까요?"

"좋죠."

우리는 메뉴판을 뒤적거리다 적당한 음식을 주문하고
는 잠시 뒤 나온 물을 들이켰다. 난 한숨을 쉬고는 웃으
며 말했다.

"PD님 만나러 온 게 아니라 무슨 운동선수 인터뷰하러
온 듯한 기분이네요. 몸이 참 좋으신데요?"

"하하! 열심히 운동 좀 했죠."

그는 상당히 호쾌한 남자였다. 말 첫마디가 떨어지기
가 무섭게 그는 대화의 주도권을 잡았다. 난 어떻게 해야

할지를 몰라 우선 입을 다물고 조용히 지켜보기로 했다.

잠시 후, 내 마음속에서 한마디가 터져 나왔다.

와, 말 진짜 많네!

음, 왠지 앞으로의 대화가 피곤해질 것 같은 느낌이다.

그렇게 생각했지만 식사가 나오자마자 난 그런 생각을 바로 접어야만 했다. 식사가 나오자 또 그는 아무 말도 않은 채 식사에만 열중하기 시작한 것이다.

정말 종잡을 수 없는 성격인데?

"저… 혹시 성격이 특이하다는 말 많이 듣지 않으세요?"

"네? 하하! 좀 그런 편입니다. 아, 제가 아까는 좀 말이 많았지요?"

"아니, 뭐… 성격이 밝으신 것 같아서 보기 좋았는데요."

난 그렇게 말하며 애써 웃음을 띠었다. 그러나 그는 다 안다는 듯 머리를 긁적였다. 그나저나 자리가 참 불편하다. 원래대로라면 지금쯤 슬슬 본 이야기가 나와야 하는데 저쪽에서 먼저 꺼내지를 않으니 정말 답답할 따름이다. 여기 비싼 곳이라 식사 값도 꽤 나올 것 같은데 설마 얻어먹을 거 다 먹은 다음 나 몰라라 하는 건 아니겠지?

"후우, 정말 맛있네요. 아, 이런, 그릇이 좀 많네요? 혹

부담되시는 건 아닌지요?"

"아, 괜찮습니다. 많이 드셨나요?"

"하하, 사실은 좀 모자라긴 하지만 오늘 여기서 끝낼 건 아니잖습니까?"

"네?"

"대화 말입니다, 대화. 해야 할 이야기가 있잖아요?"

"아······."

새삼스레 왜 그러냐는 듯한 어조. 와, 정말 난감한 사람이다.

대체 뭘 어찌해야 하는 건지······.

"자자, 다 먹었으면 나갑시다. 입가심은 해야죠? 커피숍으로 갈까요? 근처에 괜찮은 곳이 있을 텐데 말이죠."

"아, 그, 그러도록 하죠."

어차피 식욕이 그다지 넘치지 않아 적당히 먹었는데도 배가 부르던 차다. 흠, 커피숍에서는 제대로 이야기를 할 수 있으려나?

난 그렇게 생각하며 지갑을 꺼내 비교적 가벼운 마음으로 카운터로 향했다. 내가 좀 늦은 것도 있고, 지금까지는 비교적 분위기가 괜찮았으니 잘하면 성과를 올릴 수도 있겠다는 생각에서였다.

그러나,

“십오만 원입니다.”

“…네?”

다음 순간, 내 마음에 커다란 돌이 떨어지고 말았다.

“하하하! 그래서 제가 조연출 때⋯⋯.”

“⋯⋯.”

어떤 의미로 난 완전 지뢰를 밟았다고 할 수 있었다.

이 사람, 처음부터 수상하다 했더니만 나는 무슨 말도 꺼내지 못하게 하면서 주구장창 자기의 성공기를 나열하기 시작하는 것이다.

커피숍에서만 두 시간째.

나는 그야말로 폭우처럼 쏟아지는 그의 말에 입술조차도 열 수가 없었다. 목소리는 고사하고 조금이라도 시선을 분산시키려 하면 기분 나쁜 기색을 보이니 억지로 집중하는 모습을 보여야만 했다.

“재미있는 일 아니겠습니까? 전 그렇게 생각했죠. 좋아. 네 녀석들이 나를 무시해도 난 결코 넘어지지 않는다. 성공한다. 그래서 반드시 똑같이 복수해 줄 거다! 이렇게 외쳤습니다. 아, 물론 마음속으로요. 어쨌든 그래서⋯⋯.”

“⋯⋯.”

아아, 정신이 피폐해진다.

억지로 맞장구치는 것도 슬슬 한계에 다다르고 있다.

이 정도면 단순한 성공기를 자랑하는 게 아닌, 죽어가
는 위대한 왕이 자식들을 앉혀두고 자신의 기나긴 일대
기를 이야기해 주는 수준이었다.

난 여기 왜 있는 건가.

난 지금 무엇을 하고 있는 건가.

나중에는 아예 목적의식조차도 흐려지기 시작한다.

더 들었다간 주먹이 나갈 것 같다.

쿵!

결국 참다못한 난 탁자를 내려치며 굳은 표정으로 입
을 열었다.

"이보세요, 아까부터 자꾸……!"

"아, 이런, 벌써 시간이 이렇게 됐나요? 다음 장소로 이
동하죠. 자자, 오늘 시간 많으니 너무 조바심 내지 마세
요. 이런 자리 갖는 게 너무 오랜만이라서… 하하!"

"……"

끄응, 저렇게까지 말하는데 더 무얼 하랴?

무엇보다도 지금 아쉬운 것은 나였기에 사실 도리에
벗어나지 않는 한 난 무엇이든 따라줘야 한다.

"그럼 다음은 어디로 갈까요? 음, 오~ 그러고 보니 배

가 좀 고프네요. 슬슬 저녁 먹을 때가 된 것 같은데 이번에는 돈가스나 먹으러 갈까요? 마침 이 근방에 고기 하난 기가 막히게 튀기는 곳이 있습니다. 자, 이동하시죠."

"…후우."

난 꾹꾹 화를 삭이며 주먹을 쥐었다 폈다를 반복했다.

그래, 방송만 따낼 수 있다면…….

"사랑~은 아무나~ 하나! 사라앙은~ 아아~무나 하나아!"

결과적으로 말해서 이 남자, 정말 고수였다.

적어도 원하는 것을 쥐고 흔들며 상대를 애타게 하며 약 올리는 데에는 완전 도사였다.

만약 오늘의 이 자리를 날 열 받게 하기 위함이 목적이었다면 충분히 성공했다고 볼 수 있었다.

지금 나는 폭발하기 일보 직전이었으니 말이다.

"아, 아무래도 여자가 없으니 좀 그렇군요. 아가씨 좀 불러도 될까요?"

"……."

벌써 날이 어두워졌다.

대낮이라면 몰라도 지금 시각이라면 노래방에서 아가씨를 부른다고 해도 조금도 이상할 게 없었다. 문제는 내가 그것을 용납하지 못하겠다는 거였다.

"후, 됐습니다. 이러려고 온 게 아니었는데 끝까지 이런 식으로 나오시겠다면 제가 더 이상 볼일은 없을 듯하군요. 돈은 지불하고 갈 테니 마음껏 즐기다 오십쇼."

그 말을 기점으로 지금껏 쌓아왔던 인내심의 탑이 와르르 무너져 버렸다. 성질대로라면 재떨이고 마이크고 모두 집어 던졌어야 마땅했지만 지금 나는 사회인, 연예계라는 곳에 첫발을 들인 신입 초짜였다. 적어도 젊고 능력있는 PD들에게 나에 대한 적대심을 심어서는 안 된다.

"그렇게 나가면 상당히 곤란해질 텐데요?"

"……?"

그때 시끄럽게 울리던 반주 소리가 꺼지며 이제까지와는 다른 비교적 날카로운 목소리가 들려왔다. 고개를 돌리니 마이크를 빙빙 돌리며 히죽 웃고 있는 모습이 눈에 들어왔다.

그는 자리에 앉아 책자를 뒤적이며 처음 듣는 말을 꺼냈다.

"지금 나에게 잘못 보이면 우리 방송국 어떤 PD와도 약속 잡기 힘들 겁니다. 그러고 보니 타 방송국 여자 PD에게 주먹을 날렸던 적이 있다면서요?"

"……!"

"아, 그런 표정 지을 거 없어요. 이 바닥에서는 유명한 소문이니까. 그런 거 보면 지금까지 참은 게 용하군요. 난 진작 화를 내거나 폭력을 휘두를 줄 알았는데……."

"…그러면 어쩌려고 했죠?"

"어쩌긴요. 저도 유명세 좀 타보는 거죠. 언론에게는 한 기획사를 완전 몰락시켜 버릴 수 있을 재미있는 기회가 생기는 거고."

"……!"

난 진심으로 깜짝 놀랐다.

설마하니 사람 좋아 보이던 모습 속에 저런 재수없는 생각이 있을 줄이야 누가 알았겠는가?

"사실 우리 방송 캐스팅이 다다음달까지 모두 꽉 차 있는 상태라서……. 뭐, 성의를 보고 가능하다면 조정 좀 해볼까 생각 중인데, 어때요? 이왕 참은 김에 좀 더 참아 보는 건? 같이 놉시다. 어차피 당신 돈 들어가는 것도 아닐 텐데 좋은 게 좋은 거잖아요?"

"……."

어릴 적부터 본 것 들은 것 많은 나였지만, 이 바닥이 이렇게 더럽다는 건 진작 알고 있는 나였지만 막상 내가 당하고 보니 정말 기가 찰 지경이었다. 사실 이런 일을 하기 전에는 이런 일이 생기면 누구든 주먹을 날려주겠다고 다짐했었지만 막상 내 일이 되고 보니 사정이 달랐다.

물론 지금도 내 속마음은 부글부글 끓고 있다.

하지만 내가 속한 기획사를 위해서, 그리고 내가 맡게 된 미란이를 위해서라면 내 성질을 굽혀서라도 절대 적을 만들면 안 된다. 특히 공중파 방송국의 어느 정도 인지도가 있는 PD들이 그 상대라면 더욱 그렇다.

"보아하니 아직 나이도 어려 보이는 게 이런 일은 처음인 것 같군요. 맞나요?"

"…네."

"그럴 것 같았는데 맞았군요. 나이는 얼마나 되죠?"

"……"

난 입을 다물었다.

그 물음에 대답할 의무도 없거니와 비교적 어린 나이가 좀 걸렸기 때문이다. 뭐, 지금도 일은 충분히 틀어진 것 같긴 하지만.

"그……"

"그러니까 방송을 줄 마음이 없다, 이거죠? 적절히 대답해 주지 않으면."

난 한숨을 내쉬며 또다시 그의 말을 자르고 말했다. 그는 황당한 표정을 짓다 곧 웃으며 고개를 끄덕였다. 적막

한 분위기가 방금까지만 해도 무척 시끄러웠던 실내 분위기를 꽉 내리눌렀다.

다음 난 말 대신 행동으로 대답했다.

쾅!

"하아."

난 한숨을 내쉬며 어둑해진 거리를 걸었다.

좌우로 가득한 네온사인과 현란한 음악이 그렇잖아도 무거운 내 마음을 더 괴롭게 했다.

"이게 과연 잘하는 짓일까?"

의문이 나오지 않을 수 없다.

익히 잘 알다시피 연예계란 욕망으로 장사를 하는 곳이다.

음악도, 연기도, 그 모든 것들이 때로는 아름답게 매혹적이고 원색적으로 포장이 된다.

인간의 가장 원초적인 본능은 무엇인가?

몇 가지가 있겠지만 손가락으로 꼽을 수 있는 한 가지가 바로 섹스라는 것이다.

연예계가 무엇이던가?

세상에서 가장 잘난 사람들이 모이는 곳 아니었던가?

정상적인 사람이라면 마땅히 그들에 대한 욕망이 있을

것이고, 그들이 만약 자신의 욕망을 채워줄 수 있다면 자신이 가진 것, 위치를 이용하여 마땅한 메리트를 주는 것은 어떻게 보면 당연한 일이다.

나도 남자다.

당연히 아름다운 여인을 안고 싶고 출세를 하고 싶고 더 좋은 것을 먹고 싶은 욕망이 있다.

하지만 내 올바른 이성과 양심은 그것을 거부한다.

암묵적인 나름의 룰이 있는 세계에서 난 그 룰을 거부한다.

그에 따라올 것은 무엇인가?

당연히 낙담밖에 없을 것이다.

"그래도 정상적인 사람은 있을 거라 생각했는데… 다 똑같은 놈들이구먼."

물론 모두가 그렇지는 않을 것이다.

모든 것에는 균형이라는 것이 있어서 빛이 있으면 어둠이 있는 법이고, 흑이 있다면 그 이면에는 백이 있는 게 당연한 것이니까.

하지만 적어도 내가 만나본, 또는 만나려 했던 이들은 모두가 재수없는 놈들이었다.

내가 고개를 꺾으며 타협을 했다면 아마 난 얼마든지 목적을 이룰 수 있을 것이다.

하지만 그에 대한 대가로 날아오는 것은 타락이다.

순수한 영혼으로 복수를, 그리고 성공을 갈망했던 미란이에 대한 배반이다.

삼촌이 말했다.

한 번 고개를 꺾게 되면 남는 것은 바닥 인생이라고.

위치가 올라가도 절대 올라가는 것이 아니라 했다.

그건 분명 쉬운 길이겠지만 진정으로 달콤한 열매는 결코 쉬운 길에 있지 않다고 했다.

어려운 산을 넘고 또 넘는 것.

그렇게 죽을힘을 다해 올라가서야 비로소 희망의 끝자락이나마 엿볼 수 있는 고행의 길.

그것이 바로 삼촌들이 걸었던 길이고 내가 목표로 하는 아버지가 걸었던 길이다.

"하아."

어두운 밤은 살아 있는 모든 것들의 숨겨진 욕망을 끄집어낸다.

내 주위에 다니고 있는 수많은 취객들도, 그들을 잡으려는 호객꾼들도.

그리고 그 욕망에 처음으로 깊은 절망을 느끼고 있는 나조차도.

그렇게 밤은 깊어갔다.

결과적으로 말해 난 목적을 이룰 수 없었다.

할 수 있는 모든 것을 다 해봤지만 공중파는커녕 케이블 방송에서조차도 난 무대를 잡을 수 없었다.

이제야 실감이 난다.

방송 기술은 나날이 발달해 가고 프로그램은 더욱 다양해지고 있지만 가수들이 설 무대는 점점 줄어들고 있다고.

음악은 다운받아 들으면 되고 공연이 보고 싶다면 동영상을 보면 된다.

생생한 공연이 보고 싶다면 공중파나 케이블 등에서 선착순으로 배포하는 무료 공연 티켓을 얻으면 된다.

모든 게 제한적이었다.

내가 할 수 있는 일은 없었다.

할 수 있는 것은 다 했지만 그저 한숨만 나올 뿐이었다.

"내가 너무 만만하게 생각하고 있었구나."

내 가족들, 친인척들은 모두가 대단한 사람들이었다. 한국을 흔들고 더 나아가 아시아뿐 아니라 세계를 장악했던 이들이다.

아버지도, 삼촌들도, 그리고 이모들조차도.

그래서 나도 당연히 할 수 있을 줄 알았다.

내가 마음만 먹으면 뭐든지 할 수 있을 줄 알았다.

그도 그럴 것이, 어려서부터 봐온 것들이 그런 것들이었고, 날 아껴주고 항상 곁에 있어주었던 내가 보고 배운 이들이 모두 그런 사람들이었기 때문이다.

"오세요! 락 키즈의 공연이 있습니다! 티켓 가격도 얼마 안 해요! 최고의 사운드와 무대를 저렴한 가격 오천 원에 모십니다! 지금 오세요! 락 키즈입니다!"

그때 내 귓가에 한 무리의 외침이 들렸다. 내 시선은 당연히 그쪽으로 향했고, 곧 나는 비교적 화려한 옷차림의 청년들을 볼 수 있었다. 난 멈춰 서서 그들을 지켜보기 시작했다.

"곧 마감입니다! 이제 표가 얼마 남지 않았어요! 빨리 오세요!"

후우, 난 왠지 그 모습이 처량해 보여 한숨을 내쉴 수밖에 없었다.

척 봐도 이름없는 작은 라이브 하우스에서 공연하는 아마추어 밴드들로 보이는데 어디서 저런 거짓말을…….

"쟤들, 뭐 하는 애들이야?"

"몰라. 뭐 하나 보지."

나는 처량해했지만 지나가는 이들의 반응은 더했다.

무관심.

지나가다 살짝 눈을 줄 뿐, 그들은 철저한 무관심으로 일관했다. 왠지 나라도 봐줘야 할 것 같았고, 무엇보다도 필사적인 그들의 모습이 가슴을 찌르르 울리는 것 같아 난 나도 모르게 지갑을 꺼내며 그들에게 다가갔다.

"얼마죠?"

"네?"

내 말에 멍하니 묻는 사람들.

총 네 명으로 이루어져 있었는데 그중 안경을 낀 비교적 모범생으로 보이는 단발의 남자가 꽤나 눈에 띄었다. 그는 정확히 말해 뛰어난 외모는 아니었지만 피부도 깨끗하고 타 멤버들과 비교되는 흰 블라우스에 깔끔한 느낌이 꽤나 선이 여린 호감형의 외모였다.

그는 말을 더듬으며 말했다.

"저, 혹시… 우, 우리… 우리 표를 사러 오신 건가요?"

그는 심하게 더듬으며 못 믿겠다는 듯 내게 물었다. 그것은 다른 세 명의 남자도 만만치 않았다. 흠, 그러고 보니 참 희한한 복장이다. 밴드치고는 너무 단정한 게, 음, 혹시 모범 학생을 컨셉으로 하는 밴드인가 싶을 정도였으니 말이다. 찢어진 구제 청바지와 체인 등을 걸어 펑키한 느낌을 주려는 듯했지만 왠지 그게 더 어색했다.

난 피식 웃으며 오천 원을 꺼냈다.

그러자 그들이 놀란 표정으로 지으며 돈에 집중하는 것이 아닌가? 그 모습이 재미있기도 하고 신기하기도 해 난 살랑 흔들며 말했다.

"표, 안 주실 건가요?"

"아, 네, 네!"

깜짝 놀란 단발의 청년이 허겁지겁 기다란 막대 같은 종이를 한 장 빼 내게 건네주었다. 그는 떨리는 손으로 어쩔 줄 몰라 하고 있었다.

"가, 가, 감사합니다."

역시나 더듬거리는 인사.

"이거 사면 최고의 사운드를 들을 수 있는 거겠죠?"

"네, 네?"

"최고의 사운드, 가능하냐고요?"

"아, 그, 그게……."

"어? 설마 아까 그거 허위 과장 광고는 아니겠죠? 난 최고의 사운드를 들을 수 있다기에 믿고 사는 건데?"

"윽!"

의심하는 듯한 내 표정, 말투에 그들이 어쩔 줄을 몰라 한다.

하하, 반응 한번 정말 솔직한 사람들인데?

더 놀려주고 싶지만 더 표를 팔아야 할 테니 방해하면

안 되겠지?

"어디로 들어가면 되는 거죠?"

"아, 저, 저쪽에 파이어 하우스라는 간판의 지하 계단으로 내려가시면……."

"바로 앞이군요. 네. 들어가서 기대하고 있을게요."

"가, 감사합니다!"

"감사합니다!"

그들은 과할 정도로 내게 고개를 숙여 인사했다.

난 웃으며 주위를 둘러봤다. 아까의 무관심함과는 다르게 적잖은 이들이 우리 주위에 몰려들어 관심을 보이고 있었다. 그럴 만도 하지. 유흥가 한복판에서 때 아닌 코미디를 벌이고 있었으니.

난 말없이 돌아 그들이 가리킨 간판의 지하 계단을 내려갔다.

지하실 특유의 매캐한 냄새가 코를 찔렀다.

입구 간격은 또 어찌나 좁은지 어지간한 씨름 선수 급의 체구라면 몸이 끼어 들어오지도 못할 성싶었다.

작은 곳이군. 이런 곳에 들어가 봐야…….

난 그렇게 생각했지만 둔탁한 회색의 철문을 열고 안으로 들어가는 순간, 그 생각을 접을 수밖에 없었다.

웅성웅성.

많은 사람들.

그리고 현란하게 깜빡이는 조명과 스테이지.

모인 이들은 꽤나 세련되어 보이고 삼삼오오 모여 무언가 즐겁게 웃으며 이야기하고 있었다. 개중에는 여자도 많이 보였는데, 이런 곳은 처음이지만 참 의외였다. 보통 라이브 하우스라면 여자들은 잘 안 올 줄 알았는데 겉보기와는 다르게 무척 큰 곳인데?

"입장권 가지고 계시죠?"

"네. 여기요."

난 구입한 입장권을 꺼내 입구 옆 카운터에 있는 빵모자의 남자에게 보여줬다. 그는 그것을 받아 들더니 곧 기묘한 눈빛을 보내며 내게 물었다.

"락 키즈 보러 오신 거예요?"

"네. 왜요?"

"아니요. 그냥 신기하다 싶어서요. 한데 괜찮으시겠어요? 중간 중에도 거의 끝 부분 공연이라 시간이 좀 걸릴지도 모르는데……."

"뭐, 공연 보러 온 거니까요. 괜찮아요."

"흠, 다리 아프시면 가에 마련된 테이블에 가서 앉으시면 되요. 이런 곳 처음 오시는 거죠?"

"네. 어떻게 알았어요?"

난 놀랍다는 어투로 물었다. 그는 씨익 웃으며 말했다.

"그렇게 보이더라고요. 제가 눈썰미가 좀 좋거든요. 아, 음료수는 세 잔까지는 무료 리필이니 알아서 드시고 술이나 담배는 금지입니다. 아시겠죠?"

"네."

"그럼 즐거운 시간 보내세요."

그는 그렇게 말하며 다시 푹 고개를 숙이며 무언가를 흥얼거리기 시작했다. 가끔 수첩을 꺼내 무언가를 적는 모습을 보니 아마도 힙합 관련 음악에 종사하는 사람인 듯싶었다.

"어디 보자."

난 먼저 내부를 둘러보았다. 제일 앞쪽에 내 가슴 정도 오는 것 같은 높이의 무대가 마련되어 있었고, 무대 양옆에 크고 작은 엠프, 스피커들이 마련되어 있었다. 내가 들어온 카운터 옆에는 꽤 고가의 장비로 보이는 믹서 등 음향 장치들이 놓여 있었는데, 레게 머리를 한 두 명의 남자가 헤드폰을 낀 채 고개를 까딱이며 그것을 만지고 있었다.

그렇게 한참을 있으려니 잠시 후 삐익― 하고 하울링 소리가 들려왔다. 객석의 불이 꺼졌고, 무대 조명은 더욱 밝아졌다. 곧 마이크를 든 한 남자가 나오더니 고개를 숙여 정중히 인사를 한 뒤 말했다.

"오늘도 우리 하우스를 찾아주신 신사 숙녀 여러분께 감사의 말씀을 드립니다! 안녕하세요! 랩퍼 한석입니다!"

"와아아아!"

삐이이익!

환호하는 관중들.

그는 심각한 표정으로 손을 펴 귀에 댔다. 그리고 말했다.

"아아, 제 인기가 이 정도밖에 안 됩니까? 저를 사랑하는 분들, 모두 소리 질러!"

"꺄아악!"

"와아아!"

"더 크게!"

"와아아아아ー!"

우우웅!

어찌나 함성이 크던지 또다시 하울링이 터지며 귀가 멍멍할 지경이었다. 난 놀란 표정으로 주위를 두리번거렸다. 내가 본 그 어느 풍경보다도 열광적이고 뜨거운 반응이었다. 스스로를 한석이라 소개한 남자는 눈을 감고 고개를 까딱이며 그 외침을 만끽하는 듯하다 천천히 두 손을 들었다. 그리고 그것이 교차로 휘둘러지자,

뚝!

"아! 좋습니다. 역시 오늘도 보통이 아닌 분들만 모였군요. 감사합니다. 자, 그럼 거두절미하고, 바로 공연에 들어가겠습니다. 첫 그룹은 여러분이 익히 잘 아시는 그룹입니다. 더 라임즈! 비록 거친 그들이지만 첫 시작을 화끈하게 달궈줄 여러분이죠! 가볼까요?"

"네!"

"자, 더 라임즈! 나와주세요!"

그는 그렇게 말하며 오른편으로 퇴장했다. 곧 무대 조명이 꺼지더니 비교적 묵직한 드럼 소리가 울리기 시작했다. 록이나 팝보다는 힙합에 많이 쓰이는 음색. 아마도 그들은 힙합 그룹인 듯싶었다.

역시나.

"Yeh~!"

곧 힙합 트레이드 마크인 흰 수건을 손에 든 두 명의 남자가 나오더니 리듬에 맞춰 몸을 흔들기 시작했다. 그리고 곧 전주 부분이 끝나자 속사포 같은 욕설로 가득한 랩을 퍼붓기 시작했다.

난 조용히 눈감고 가사에 집중했다.

힙합, 특히 랩에 있어 중요한 것 두 가지가 바로 라임과 플로우. 가사의 리듬감과 곡 전체의 흐름이라 할 수 있다. 사실 난 힙합에 대해 잘 모른다. 그러나 그런 내가 듣기에도 자유로운 듯 감각을 기분 좋게 하는 일정한 리듬감 때문에 점점 흥이 오르는 듯싶었다.

이 정도면 언더 말고도 오버에서도 먹힐 수 있을 것 같지만… 음, 역시 가사가 너무 거친데?

난 다른 이들 반응은 어떨까 싶어 주변을 둘러봤다. 아무래도 매니저를 시작하고 보니 관심이 가는 건 노래가 아니라 바로 관중의 반응이었다.

"…왜 이렇게 좋아하는 거야?"

솔직히 신나긴 했지만 내가 듣기에는 그렇게까지 열광할 이유는 없어 보였다. 나름 직설적이고 통쾌할 것이라 써놓은 가사를 이유로 든다면 난 그저 웃을 것이다. 분명한 건 사람들이 이해 못할 환호를 보내고 있다는 것이고, 그들은 꽤나 인기가 있어 보인다는 거였다.

쿠우웅.

곧 무거운 베이스 음과 함께 그들의 무대가 끝났다. 또 비슷한 리듬과 분위기의 곡이 이어졌지만 난 이미 그들 무대에 대해 흥미를 잃고 말았다. 애써 내가 힙합을 모르기 때문에 즐길 수가 없는 거라고 자문해 보았지만 이미 잃어버린 흥미를 나는 다시 살릴 수 없었다.

곧 그들의 무대가 끝나고 이번에는 여성으로 이루어진

록 그룹이 올라왔다.

비교적 몸매를 드러낸 의상을 입은 다섯 명의 미녀였다. 신디가 메인, 세컨 둘로 이루어져 있는 탓인지 비교적 음향은 풍부했다.

세밀하게 울려 퍼지는 어쿠스틱 선율.

그리고 경쾌하고 리드미컬한 드럼 소리.

"좋군."

아버지가 말년에 록을 했던 탓에 그나마 힙합보다는 록에 더욱 친숙한 나였다. 물론 좋은 쪽이라면 퍼포먼스를 중점으로 한 댄스, 발라드 곡이긴 했지만 록도 나쁘지 않았다. 곧 짙은 목소리가 울려 퍼졌고, 청아하고 침착한 음색은 또 다른 방향으로 분위기를 달구기 시작했다. 관객들도 드럼 비트에 몸을 맡긴 채 음악에 집중하는 모습을 보였다.

난 그 모습을 보며 확신했다.

이곳은 내가 말로만 듣던 그런 어중간한 라이브 하우스가 아니라고.

기존의 장소들과는 다른 뭔가 특별한 게 있는 공연장인 것 같다고.

그 생각은 다음 차례인 두 남자들에 의해 이루어졌다.

우우웅.

어두워진 무대. 가볍게 시작해 점점 무겁게 깔리는 전자 신디 소리.

그것은 마치 먼 미래의 외계인들의 우주선 소리와도 같았고, 빔 건의 효과음 같기도 했다.

지이이잉, 지잉.

천천히 진중하게 깔리던 음악은 곧 점점 속도를 더해가기 시작한다.

번쩍!

곧 어두운 무대에 마치 클럽을 연상케 하는 현란한 조명들이 비춰졌고, 사람들은 박수와 함성을 더해 소리치며 크게 외쳤다. 지금까지와는 비교도 되지 않는 반응이었다.

일렉트로닉이라……. 음, 그러고 보니 최근 대중가요 성향이 그쪽으로 가까워지고 있다고 그랬지?

쿵! 쿵! 쿵! 쿵!

대중음악이라면 기본적으로 기본 멜로디 외에 곡에 무게를 더해주는 베이스와 드럼 파트가 분명히 나뉘어져 있다. 우리가 아는 일반적인 드럼 외에도 종류가 수백 가지가 넘지만 일렉트로닉 계열의 음악에서 쓰이는 악기들은 종류가 그리 많지 않다. 어쩌면 이건 공식이라 봐도 좋을 것이다.

“지겹지도 않나.”

내가 한때는 TV 및 현 방송 문화 등을 멀리하고 있었다 곤 하지만 어렸을 적에는 정말 항상 음악, 공연 영상들을 꿰고 살았다. 동영상이나 사진으로만 봤던 아버지의 모습.

난 항상 아버지를 원망했지만 그에 비례해 그리워하는 마음 또한 컸다. 그래서 누구보다도 아버지의 음악을 항상 듣고 살아왔다.

아버지는 어린 시절 화음을 중시하는 보이 그룹, 프론 티어라는 이름으로 데뷔를 했다.

무명인 적이 없었던, 시작부터가 초대박 스타였던 아 버지.

물론 삼촌들이라는 강력한 실력자들이 함께했기에 빛 을 볼 수 있었겠지만 그 후로 두 번째, 그리고 마지막 세 번째 은퇴 선언을 하고 완전히 종적을 감추기까지 숱한 음악을 세상에 내놓으며 끝없는 불굴의 도전 정신을 보 여주셨다.

아버지는 수많은 장르의 음악을 했지만 그중에서도 대 표적이라 할 수 있는 한 가지가 일렉트로닉 음악이었다. 세계에는 꽤나 인기몰이를 하고 있던 장르였지만 우리나 라는 몇몇 뮤지션 외에는 건들지도 않았던 것이 바로 그 장르였는데, 아버지가 이 장르로 또다시 기록 경신을 한 이후로 우리나라에서도 주류적인 문화로 떠오르게 되었다.

일렉트로닉만을 다루는 클럽들도 부지기수로 생겨났고 단순히 미래 지향적인 전자음악이라는 편견에서 벗어나 다양한 분위기, 풍경, 감정들을 표현하는 곡들이 쏟아지게 한 기틀을 제공했다.

그야말로 프론티어와 아버지 강수호라는 이름 석 자는 한국과 아시아, 그리고 세계만방에 이르기까지 이미 그 시대의 문화를 상징하는 대표적인 아이콘이자 전설로 남게 되었다.

사람이 못할 게 없다는 것을 단적으로 보여준 예가 바로 아버지였으니 말이다.

후우, 정말 언제나 느끼는 거지만 아버지와 삼촌들의 전설을 열거하자면 정말 끝도 없이 머리만 복잡해질 것 같다. 뭐 인간들이 정말 못하는 게 없이 잘나 빠진 건지……. 가족이지만 그 정도 되면 세상은 정말 불공평하다는 말이 나올 수밖에 없다.

지이이이잉!

그들은 원색적인 음을 쏟아내고 있었다.

사람들은 방방 뛰면서 그들이 만들어내는 음악에 즐거워했고 그들 역시 땀을 쏟아내며 정말 최선을 다했다. 확실히 오늘 여기 출현한 모두가 단순한 언더들이라고 하기엔 넘치는 실력을 가지고 있었다. 당장 공중파에 출현한다 해도 무리가 없을 정도로 말이다.

그렇게 그들의 순서가 끝나고 다시 펑크록 밴드, 헤비메탈 밴드, 힙합 그룹과 레게 그룹 등이 나와 그동안 쌓은 실력과 경험을 바탕으로 뛰어난 공연을 보여주었다.

그렇게 적잖은 시간이 흐르고 마침내 내가 기다리던 그들, 바로 락 키즈의 순서가 다가왔다.

"드디어 나오는군."

난 머쓱하게 무대로 등장하는 네 명의 익숙한 얼굴들을 보며 웃었다. 그럴 수밖에 없는 게, 마치 처음 무대에 서는 이들처럼 그들은 내가 다 민망할 정도로 쭈뼛대고 있었기 때문이다. 그래도 나름 기대를 하고 있었기에 난 반가운 표정으로 인파를 헤치고 앞자리로 가려고 했다. 한데 그때였다.

"아, 또 쟤네들이네. 참 끈질기기도 하다. 저 정도면 적자 아냐?"

"그러게. 쟤네들 캐스팅당해서 공연하는 게 아니라 자기들이 돈 내고 공연하는 거잖아?"

"표 팔면 메울 수 있다곤 해도 관객들도 못 모으잖아, 쟤네들?"

"쩝, 끼가 없으면 실력이라도 좋으면 되는데 그것도 아니니……. 후우, 들어가서 쉴까?"

"그러자고. 지금까지 뛰느라 다리도 아프고 지치는데 음료수나 마시자."

사람들이 안 좋은 표정으로 웅성이더니 너도나도 자리를 떠나는 것이다. 난 당황하며 그 모습을 바라보았지만 사람들은 냉정했다.

"…뭐 이래?"

잠시 후 그 많던 인원이 모두 빠져나가고 관중석에는 나 혼자만 남게 되었다. 난 뻘쭘하기도 하고 그들이 안쓰럽기도 했던 터라 그저 한숨을 내쉴 수밖에 없었다.

그러나 그들은 달랐던 모양이다.

날 보며 감격스런 표정을 지었는데, 애써 숨기려 해도 안 되는 듯했다. 애써 억누르려 하지만 주체할 수 없어 새어 나오는 미소가 내 눈에 보였다.

그래도 나름 긍정적으로 살아가는 이들이구나. 좋아, 쪽팔림이고 뭐고 다 필요없어. 내가 관중이 되어주지!

"처, 첫 곡은……."

단순히 록을 하는 것 같지는 않아 보이는데, 과연 어떤 음악 부를까?

난 나름 기대감을 가지고 그들을 바라보았다.

곧 그들의 입에서 나를 황당하게 하는 곡명이 들려왔다.

"저, 저희들의 타이틀곡인 In My Heart를 들려드리겠습니다."

뭐?

난 깜짝 놀라 눈을 크게 뜨고 말았다.

설마 아니겠지?

반신반의하는 내게 외곽 테이블에 앉은 이들의 대화 소리가 들려왔다.

"하여간 웃기지도 않는 그룹이라니까. 세상에, 창작할 능력이 없으면 리믹스라도 좀 제대로 하던가."

"리믹스를 해도 프론티어의 곡을 리믹스하는 건 또 뭐야? 감히 강수호의 노래를 부르겠다니, 저게 말이 돼?"

"목소리라도 좋으면 말을 안 해. 허스키 보이스에 어설픈 편곡으로 프론티어의 곡을 부른다니… 쯧."

난 내 생각이 맞다는 것에 경악하며 그들을 바라봤다.

사실 어떤 놀랍고 실망적인 것이 나와도 웬만하면 좋게 생각하리라 마음먹었는데 아버지 곡이라면, 특히 그 곡이라면 이야기가 달라진다. 아버지의 노래는 사실 난이도 자체는 별로 어렵지 않은데 특유의 보컬 탓에 수많은 뮤지션들이 도전했다가 실패하고 손을 놔버린 곡이다.

무엇보다 그 곡은 아버지의 솔로 곡 중에서도 R&B풍에 가까운 발라드 곡이었다.

별다를 것 없는 장르였지만 삼촌들의 세션 능력과 아버지의 보컬이 합해지게 된다면 이야기가 달라진다. 수한이 삼촌의 천재적이고 전무후무한 작곡 능력이 빛을 발했다 칭송받는 곡 중 하나인데 저걸 록 그룹이 편곡해서 부르겠다고?

"그, 그럼 시작합니다."

그들은 오직 나만을 바라보며 연주를 하기 시작했다.

곧 드럼 소리와 함께 비교적 슬픈 어쿠스틱 기타와 두터운 베이스의 선율이 들려왔고, 보컬을 담당한 남자의 긴장감으로 가득한 목소리가 들떴던 분위기를 내리누르기 시작했다.

오, 맙소사!

결과적으로 말해서 공연은 실패였다.

그것도 대실패!

난 기가 막혀 아무런 말도 못했다.

물론 이 곡 전체적인 분위기가 보컬 톤도 그렇고 악기들의 화음 특성도 그렇거니와, 좀 무겁고 슬픈 것은 사실이었다. 많은 이들의 눈시울을 짜낸 곡이니 당연할 것이다.

그러나 지금 그 명곡이 이 작은 클럽에서 관객 모두에게 외면받고 있었다.

결과에는 그에 합당한 원인이 있는 법이다.

"가, 감사합니다."

고개를 숙이는 그들.

난 어찌해야 할까 잠시 고민했지만 무언가를 갈구하는 듯한 네 청년의 눈빛에 어쩔 수 없이 박수를 쳐야 했다.

짝, 짝짝!

그러나 그것은 공허한 메아리만을 만들어내고 말았다.

박수, 차라리 안 치는 게 더 좋을 뻔했다.

"다, 다음 곡은 I Swear by God(하늘에 맹세하여)입니다. 잘 부탁드립니다."

"……."

또?

어처구니가 없을 지경이다. 두 번째 곡도 프론티어의 노래라고?

"명곡 망치는 데는 도사들이야."

"휴식 타임이라고 하기에는 좀 괴로운 시간이지? 에효, 이어폰이나 꽂자."

"쟤네들, 어떻게 이런 곳에 선 거야? 아무리 돈을 주면 기회를 준다 해도 계속 주지는 않잖아?"

"여기 주인장이 프론티어 광팬이라잖아. 어떤 식으로라든 프론티어 사랑하는 걸 표현하는 뮤지션들은 대우해

준대."

"다 좋은데 그게 문제네."

"그러게 말이다."

그렇게 말하며 객석에 있던 이들은 모두 하나같이 이어폰이나 헤드폰을 착용했다. 그와 함께 그들의 연주가 시작되었고, 난 망연자실한 표정으로 그들의 청승맞은 음악을 들어야 했다.

"프론티어 좋아하나?"

"네? 아, 뭐……."

내가 놀라 고개를 돌리니 콧수염에 레게 머리가 참 뭐하게 보이는 중년의 아저씨가 웃고 있었다.

"대단하지?"

"뭐, 뭐가요?"

"저들의 열정!"

"…에?"

뭐, 뭔가 심상치 않은 분위기.

중년의 남자는 꽉 쥔 주먹을 가슴께로 올린 채 뭔가 부글부글 끓어오르는 듯한 표정을 지었다. 난 어이가 없어 설마하며 바라보았다.

"뜨거운 열정. 비록 실력은 없다지만 프론티어를 향한

뜨거운 마음으로 모두의 비웃음도 마다하지 않지. 난 그게 마음에 들었네. 사실 연주 실력이나 보컬 자체도 그렇게 나쁘지는 않지 않은가?"

"예… 하하!"

왠지 더 이상 대화하기가 꺼려져 난 슬그머니 자리를 피하려 했다. 한데 이 아저씨, 의외로 반사신경이 좋은가 보다.

턱.

"들어보게. 묘하게 사람 마음을 울리는 무언가가 있다니까. 난 사실 이들을 참 좋아하네. 편곡은 저 기타리스트가 담당했다고 하는데 어떤 의미로는 참 대단하지. 저들은 어떤 음악이든 슬프게 바꾸는 것에 재능이 있는 것 같다니까. 그래서……."

결국 난 공연 내내 아저씨에게 붙잡혀 있을 수밖에 없었다.

지이잉.

또 한 번의 공연이 끝났다. 두 번의 공연.

비록 단 두 번뿐이었지만 무엇보다도 내 머릿속에 깊숙이 각인된 장면이었다.

물론 좋지 않은 쪽으로 말이다.

“아, 이제 끝난 건가?”

“자자, 다음 팀이 어디였지? 비스티즈였나?”

“오, 이제 휴식 끝? 좋아, 즐겨볼까?”

그들의 무대가 끝나자 기다렸다는 듯 객석에서 소란을 떨던 이들이 개운한 표정으로 다가왔다. 주위를 둘러보니 어느새 그 레게 머리의 아저씨도 사라지고 없었다. 난 애써 실망을 숨기려는 듯 웃어 보이는 락 키즈가 안타깝게 생각되었다.

후우, 그렇게 다른 사람들처럼 보통만 가도 이러지는 않았을 것을…….

‘한번 가볼까?’

난 잠시 망설였다. 그러나 이런 걸로 어리바리 떨 내가 아니지.

가자. 가서 왜 그러는 건지 이유를 들어보는 거야.

난 돈 주고 입장권을 산 팬이잖아?

“실례합니다. 죄송합니다.”

마음을 먹은 즉시 난 인파를 빠져나와 대기실이 있는 곳으로 향했다. 무대 왼편에 있는 문을 열고 들어가니 공연장과는 다른 환한 백색의 빛과 벽지가 나를 반겨주었다.

“여, 수고 많으셨어요.”

“아……!”

“님은 아까…….”

님? 아…….

“하하, 공연이 너무 감명 깊어서… 뭣 좀 물어보고 싶은 게 있어서 달려왔어요.”

“아, 그런가요? 어, 얼마든지 대답해 드릴게요. 여기 앉으세요.”

그들은 자신이 앉아 있던 의자를 나에게 양보하려 했다. 그 모습에 왠지 멋쩍었던 난 머리를 긁으며 자리 하나를 골라 앉았다. 그들은 나를 보며 한마디씩 수줍게 감사의 인사를 던졌다. 와, 이거 사람 진짜 난감하게 만드네? 이거 꼭 무슨 단체로 고백받는 기분이 드는 것도 같고.

그렇게 생각하며 난감해하고 있을 때,

“훗, 웃기는 놈들이야. 저런 걸 음악이라고 하면서 팬도 생기는 걸 보면 말이지.”

“너무 좋아하는데? 뭐, 축하해 줄 일이긴 하지. 저놈들, 저렇게 누군가가 찾아와준 건 처음이잖아?”

“그렇긴 하지만… 창피하지도 않나? 나, 전부터 느낀 건데 쟤네들, 무슨 프론티어 안티들이 모여서 만든 밴드인 것 같지 않아?”

"왜?"

"그렇지 않고서야 노래 편곡을 그딴 식으로 할 리 없잖아. 편곡만 문제냐? 저놈들은 면상들도 문제야. 목소리나 무대 매너도 문제고."

그때 다른 밴드들의 비웃음 소리가 들려왔다.

"으으……."

"……."

락 키즈 멤버들은 분하기보다는 할 말이 없다는 듯 풀이 죽어 아무 대꾸도 못했다. 그 모습에 왠지 약자를 핍박하는 것 같아 심히 기분이 나빴지만 틀린 말 한 것도 아니고, 나도 뭐라 할 말이 없구나.

"후우, 집에 가자."

"그래. 자리를 피해줘야지."

곧 다른 팀들을 시시덕거리며 악기들을 챙겨 들고 각자 대기실을 벗어났다. 순식간에 싸해진 대기실을 보며 난 한숨을 내쉬었다. 나를 둘러싼 네 명의 사내가 내쉬는 한숨은 정말이지 태산보다도 더 무거운 것 같았다.

아이고, 분위기 죽이는구먼? 언제나 이랬던 거야?

"저… 왜 구태여 프론티어 카피 밴드를 자처하는 것이죠? 음악을 시작했으면 나름 꿈도 있을 테고 자존심도 있을 텐데……."

“프론티어는⋯⋯.”

그 말에 대답한 이는 다름 아닌 리더 청년이었다.

그는 뭐라 말할까 잠시 고민하는 듯하다가 희미한 목소리로 말했다.

“저희들의 자존심입니다.”

“⋯네?”

“저희는 모두가 어려서부터 친구였습니다. 아주 어릴 적부터 프론티어의 팬이었죠.”

“아⋯⋯.”

뭐, 말 안 해도 그럴 것 같았다만⋯⋯.

“정말 좋아했습니다. 그들의 감동 어린 우정 스토리도 좋아했고, 끝없는 도전 정신도⋯⋯. 그리고 그때마다 보여준 소름 끼칠 정도의 엄청난 실력도 모두 저희에게는 단순한 동경을 넘어선, 반드시 따라잡고 싶은 꿈속의 존재, 그것과 같은 것이었습니다. 물론 엄청나게 많은 이들이 그랬겠지만 우리의 마음은 그 누구와 비교해도 지지 않는다 자부할 수 있습니다.”

“그런데 왜 하필 록을⋯⋯.”

“저희가 록을 좋아했으니까요.”

“⋯네?”

“저희는 프론티어를 좋아했지만 록 역시 좋아했습니

다. 사실 이 문제 때문에 많이 고민했죠. 어쨌든 우리 음악의 시작은 프론티어로 인함인데… 과연 록인가, 프론티어인가 둘 중 어느 것을 선택해야 하는가 하고 말이죠."

"그래서……."

"네. 둘 다 선택했습니다. 록으로… 우리 나름대로 프론티어의 음악을 재구성하여 반드시 한국에 이름을 알려 보자고요."

"아……."

"언더나 오버나 요즘 프론티어를 컨셉으로 잡은 이들이 많은 건 아시죠? 하지만 그들은 따라 하기에만 급급했지 나름대로의 방식, 해석으로 재구성하지는 못했습니다."

음, 확실히 맞는 말이다.

아버지와 삼촌들이 세계를 재패하며 여러 가지 깨지지 않을 기록을 세운 이후 우리나라뿐만 아니라 세계에는 프론티어를 따라 하는 이들이 많아졌다.

단순한 보이 밴드로 시작하는 것 같았던 프론티어.

그러나 그들은 한 장의 데뷔 음반으로 아시아 전역을 들썩였고, 바로 은퇴를 선언함으로써 많은 이들을 충격에 빠뜨렸다.

그 후로 5년.

갑자기 재기를 선언한 프론티어는 다시 한 장의 음반으로 또 다시 아시아 전역의 주목을 받기 시작하더니 느닷없이 자취를 감춰 이번에는 유럽 전역에 모습을 드러냈다.

그리고 시작된 전설.

난 이 일에 첫발을 내디딘 지금이야 비로소 아버지와 삼촌들이 이루어낸 업적이 얼마나 터무니없고 대단한 것이었는지 깨달을 수 있었다.

정말 말도 안 되는 업적들.

프론티어는 유럽 전역에, 그것도 음반 한 장 내지 않고 게릴라 콘서트를 시작하였는데 특이한 것은 그들이 어느 때에는 록 그룹으로, 또 어느 때에는 화음을 중시한 중창단으로, 그리고 R&B와 일렉트로니카 밴드 등으로 나타났다는 점이다.

그야말로 현 시대에 존재하는 모든 장르의 음악을 아울렀던 것이다.

처음에는 그것을 어리석은 시도라고 비웃었다.

특히 동양의 뮤지션들에 대해 배타적이기도 했던 유럽인들은 모두가 동양의 최고 그룹이라는 프론티어가 미쳤다며 놀렸다. 심지어 한국에서조차 마찬가지였다.

그러나 그들은 꿋꿋이 자신의 길을 걸었고, 공식 무대에는 단 한 번도 서지 않은 채 힘들고 괴로운 유럽 게릴라 콘서트를 감행했다.

그리고 그때부터 전설을 만들기 시작했다.

난 지금에서야 전율을 느낀다.

그들이 현 시대에 공존한다는 것에, 그리고 그들이 내 가장 소중한 가족이라는 것에 대해.

정규나 디지털, 싱글 음반 한 장 발매하지 않은 채 세계 가요계뿐 아니라 음악계를 지배했던 위대한 그룹 프론티어.

그 어떤 뮤지션이 감히 이 위대한 전설을 스스로의 생각과 감각으로 표현해 낼 수 있을 것인가?

이들이 그토록 무시당하고 냉대받았던 것은 바로 이러한 연유였다.

특히 한국인들이 영웅이자 자랑으로 생각하는 최고의 그들을 감히 하찮은 실력과 판단으로 재구성하려 들다니, 연기하려 들다니, 그것이 어디 가당키나 한 짓이란 말인가?

"하지만 저희들이 그렇게 하고 싶은걸요. 비록 하찮은 실력이지만… 저희들이 나름 생각하고 연습했던 것들을 좀 더 많은 사람들에게 보여주고 싶었어요. 그래서 시작했던 건데… 오늘 무척 기분이 좋네요.”

“왜… 죠?”

“그야 당연히……..”

씨익.

서로 의미심장한 미소를 지어 보이던 그들은 나에게 시선을 모으며 말했다.

“이렇게 저희를 알아주는 팬이 생겼으니까요.”

“…네, 네?”

“저희의 공연을 보아주셨고 화내지도 않고 박수도 쳐주셨잖아요. 그리고 이렇게 찾아와서 기운을 내게 해주시고…….”

그러면서 그렁그렁한 눈을 하는 그들.

오우, 징그러! 재수없어! 저리 가!

“…아, 네. 하하.”

그러나 진심으로 감동하고 있는 저들에게 차마 솔직한 심정을 그대로 표현할 수는 없었다.

“와아아앗!”

그때 엄청난 함성 소리가 들려왔다. 깜짝 놀라 눈을 동그랗게 뜨니 그들이 무슨 사정인지 짐작한 듯 픽 웃었다.

“뭐죠?”

“아, 별거 아니에요. 지금 이 하우스 최고 인기인 중 한 명이 등장해서 그런 걸 거예요. 음, 남자들 목소리가 많은 걸로 봐서는 누엔 양이겠네요."

"누엔?"

"최고의 섹시 여가수죠. 여기 유달리 남자들이 많은 이유 중의 하나이기도 하죠. 가보실래요?"

"아, 네. 한번 가보죠."

난 어리둥절해하면서 그들을 따라 대기실을 나섰다.

"와아아앗!"

곧 거대한 함성과 뜨거운 열기가 내 온몸을 전율시켰다.

쿵, 쿵, 쿵, 쿵.

심장을 울리는 듯한 드럼 소리.

그러나 조금 더 날카롭고 전자음인 양 무겁게 들리는 것으로 봐서는 샘플링된 소리인 듯했다. 그리고 들려오는 현란한 일렉트로닉 특유의 악기 소리들. 난 고개를 들어 무대를 올려다보았다. 그곳에는……

"…헐?"

나도 모르게 인터넷 용어를 내뱉고 말았다.

검은색 가죽 레깅스에 가슴골과 등이 훤하게 파인 얇은 천 옷.

그리고 조명 아래서 반짝이는 길고 신비스러운 실금발

머리.

구등신은 되어 보이는 듯 훤칠한 키와 물오른 듯 탄력적으로 움직이는 몸매까지.

외모 역시 빨아들이는 듯 짙은 색기를 띠고 반달로 휘어진 눈꼬리를 보니 요녀가 따로 없었다.

"와아아앗!"

그녀의 손짓에, 눈빛에 남자들은 거의 거품을 물 정도로 열광했으며 여자들 역시 시샘보다는 동경의 눈으로 환호해 주고 있었다.

어지간한 여자들이 저런 복장으로 이런 음악에 춤을 춘다면 섹시라기보다는 천박하다는 인상을 줬을 테지만 그녀는 달랐다. 무대 매너나 장악력이나 모든 면에서 수준급이었다.

그래 봐야 레이첼에 비하면 일반인 수준이지만.

그러나 내가 황당한 것은 그것들 때문이 아니다.

저 여자, 분명 어디선가 본 적이 있다. 음, 그것도 얼마 지나지 않은 최근에 봤을 텐데, 음, 어디서 봤더라? 어디지?

"후아! 우린 언제쯤 저런 여자 만나보냐?"

"우리 밴드에 저런 여자가 있다면 멋졌을 거야. 그치?"

"에이, 어디 그런 복이 가당키나 하냐? 꿈도 꾸지 마라."

"희망이고 나발이고 아무것도 없군. 그래, 우리 인생이 그렇지 뭐."

"……."

옆에서 들리는 암울한 대화에 난 고개를 저었다.

아무리 음악이 좋고 자신들의 의지를 관철해 나아가려는 건 좋지만 이들에게는 너무 결정적인 게 빠져 있었다. 이른바 자신감이라는 건데, 뭐, 이 부분에 대해서도 별로 할 말이 없다. 어떤 점에서는 지나칠 정도로 긍정적인 것 같으니 말이다.

난 다시 고개를 돌려 누엔이라 불리는 여가수를 바라보았다.

참 애매했다.

목에 걸려 있던 헤드폰 같은 것은 아마도 클럽 디제이들이 많이 쓰는 모니터 겸 목소리 변조 기능이 되어 있는 특수한 물건일 터이다.

그녀는 가끔씩 그것을 대고 변조된 목소리로 말하며 흥을 더 돋우거나 신비한 분위기들을 연출했다. 그러면서 턴테이블을 계속 조정하고 있었는데 참 대단하다 싶었다. 저러면서 춤도 추고 노래도 부르고 디제이도 하며 혼자 모든 것을 다 하고 있지 않은가?

“흠, 분명히 어디서 봤는데…….”

아련한 기억.

그렇게 난 뇌리 깊숙한 곳에 숨어 있을 장면들을 더듬으며 그녀를 기억하려 애썼다. 그러는 동안 한 곡이 끝나고 또 한 곡이 끝나며 그녀의 무대는 끝을 향해 달리고 있었다. 그때였다.

두근.

그녀와 나와의 눈이 마주친 것이다. 아주 찰나의 순간이었지만 날 발견한 그녀는 분명 웃고 있었다. 적어도 나는 그렇게 느꼈다.

누굴까?

얼굴만 봐서는 일단 이십대 초, 중반 정도로 보이는데 내가 저런 사람을 알고 있을 리가 없는데?

쿠우웅!

“와아아앗!”

“최고다, 최고!”

휘이익!

결국 그렇게 무대는 끝나 버렸고, 그녀는 목에 걸고 있던 헤드폰을 턴테이블에 내려놓고는 무대를 내려왔다. 우리가 있는 곳으로 말이다.

“자, 다음 무대는……!”

　재빨리 올라온 사회자가 다음 순서 진행을 위해 멘트
를 시작했다. 그러나 나는 아무 소리도 내지 않은 채 조
용히 내 앞에 선 그녀를 바라보았다. 락 키즈 멤버들은
그 유명한 여자가 자기들에게 왔다며 호들갑을 떨어댔
다.

　"오랜만이지? 많이 자랐구나."

　"…저를 아시나요?"

　"후, 그럴 줄 알았다. 하여간 너나 네 아비나 정말 똑같
구나. 이 녀석. 너, 따라와!"

　꽉.

　"아악!"

　그러면서 그녀는 내 귀를 잡아당기며 대기실로 걸음을
이동했다. 난 비명을 질렀지만 이후 터져 나오기 시작한
강렬한 드럼 소리 때문에 완전히 묻혀 버렸다. 락 키즈를
포함한 주변 사람들은 그런 우리 모습을 보며 놀란 표정
으로 소곤댔다.

　뭐야, 이 여자? 나뿐만 아니라 우리 아빠도 알고 있는
거야?

　대체 정체가 뭐야?

　쾅!

　곧 대기실 문이 닫혔고, 그녀는 나를 문 쪽으로 밀친 채

두 팔을 벽에 대 나를 가둬 버렸다. 가까이에서 느껴지는 숨결, 그리고 너무도 매혹적인 그녀의 체취.

문제라면 이런 상황에서도 전혀 흥분이 되지 않는다는 점이었다.

분명 아름다웠지만… 음, 뭔가 아련한 그리움이랄까? 그런 것만이 느껴졌다.

“많이 컸구나. 처음 네 아비를 봤을 때가 딱 지금의 네 나이쯤이었는데……. 너 지금 고 2지?”

“헛! 그, 그걸 어떻게 아셨어요?”

“척하면 딱이지. 그래도 설마 너를 이런 곳에서 볼 수 있을 줄은 몰랐구나. 많이 자랐어.”

그녀는 그렇게 말하며 혀로 입술을 축였다.

으음, 다 좋은데 이것 좀 풀어주면 안 되려나? 자세가 좀…….

“저, 저기…….”

“응? 왜?”

“이것 좀 어떻게 해주시면 안 될까요?”

“왜, 흥분돼서 그래?”

“아뇨. 그게 아니라 땀 냄새 때문에 좀 불쾌해서 그러거든요.”

“뭐? 호호홋!”

다소 시비가 섞인 말에도 불구하고 그녀는 즐겁게 웃었다. 그 탓인지 느슨하게 보이는 골 속으로 그녀의 풍만한 가슴이 출렁였지만 난 심지어 그 모습 속에서도 점점 강한 아련함을 느껴야 했다.

"어디서 많이 본 분 같은데… 누구시죠?"

"이런. 정말 너무하는구나. 조카라고는 하나 있는 녀석이 이렇게도 이모를 몰라보다니……. 이렇게까지 힌트를 줬는데도 모르는 건 아니겠지?"

그녀는 그렇게 말하며 빙글 뒤를 돌아 반대편의 의자에 앉았다.

숨을 멎게 할 정도로 섹시한 뒤태, 완벽한 몸매와 진한 요부의 향기. 아니, 아니, 그보다 뭐? 이모? 날 보고 조카라고?

"…혜정이 이모?"

"딩동~ 너무 늦었어. 벌로 저녁 식사는 네가 쏘는 거다?"

"에엑? 저, 정말 혜정이 이모예요? 정말? 정말?"

"그럼 내가 민예, 그 고상만 떠는 계집애로 보이니?"

"아, 아니, 그래도… 모습이 좀……."

난 끝까지 말을 잇지 못했다.

확실히 그녀의 모습이 삼십대 중반에 가까운 여인이라

고는 도저히 상상이 되지 않았기 때문이다.

혜정이 이모.

아버지의 고등학교 동창이자 당시 아시아 최고의 인기를 누리고 있던 여성 삼인조 그룹의 리더로서, 내가 아홉 살 때 미국에서 마지막으로 목격한 이후 두 번 다시 만나지 못했던 분이다.

"여긴 어떻게 온 거니?"

"아, 그게……."

난 머리를 긁적이며 아버지의 모든 일을 설명하기 시작하려 했다. 그대 이모가 내 말을 막았다.

"잠깐, 지금 이 자리에서 나누기에는 좀 그렇구나. 나가서 술이라도 한잔하며 이야기할까?"

"네? 술이요? 저 미성년자인데요?"

"에이, 이런 곳에 올 정도면 몰래 마셔봤을 거 아냐? 괜찮아, 괜찮아."

"아… 뭐, 그러면……."

사실 술이야 아주 어릴 때부터 줄곧 마시곤 했던 나다. 물론 조직 사람들과 어울리다 보니 그렇게 된 거였지만 난 피치 못할 일이 아니면 어지간해서는 학생의 도리는 지키려 노력했다. 이런 일은 피치 못할 일이겠지? 음, 그럴 거야.

"자, 그럼 여기서 잠시 기다리렴. 옷 좀 갈아입고 올 테니."

"네."

이모는 그렇게 말하며 대기실을 벗어났다. 홀로 남은 난 괜히 어색한 기분이 들어 머리를 긁적였다. 뭐, 락 키즈 사람들에게 인사라도 하고 갈까?

덜컥.

"으앗!"

"으악!"

그렇게 생각하며 내가 기대고 있던 문을 열자 사람들이 와르르 쏟아지듯 들어왔다. 내가 어이없다는 표정으로 바라보니 락 키즈 멤버들 외에 다른 청년들이 다 너 때문이라는 등의 소리들을 하며 멋쩍어하는 모습을 보였다.

"뭐예요?"

"아, 그, 그게… 누엔과 무슨 사이인가 싶어서."

"네? 그게 왜 궁금한데요?"

"그야 당연하죠! 누엔은 언더 쪽 최고의 스타 중 한 명이라고요! 스스로 아시아의 스타 자리를 버리고 언더로 들어와 언더를 오버만큼이나 부흥시킨 최고의 공신인데요. 누구예요? 혹, 인척 관계에 있는 거예요?"

그것을 시작으로 여기저기서 질문이 폭주했다.

난 어찌해야 할 바를 몰라 난감한 표정을 지었다.

난 결국 대답하지 않기로 마음먹고 락 키즈 멤버들에게 말했다.

"오늘 참 즐거웠어요. 앞으로도 시간 나면 종종 관람하러 올게요. 그럼 나중에 봐요."

"엇? 자, 잠깐만요!"

"무슨 관계인지만 좀 말해주세요!"

"와앗! 막아! 막아!"

내가 재빨리 무리를 비집고 빠져나가자 뒤에서 외침이 터져 나왔다. 내가 그렇게 나가자 마침 대기실로 오고 있던 혜정이 이모가 보였고, 난 즉시 이모의 손을 잡고 달아나듯 하우스를 벗어났다.

"나이가 몇인데 아직도 컨셉이 섹시예요?"

"왜? 남들은 나 20대 초반인 줄 아는데? 너도 솔직히 내가 누군지 못 알아봤잖아."

"그거야 너무 변했으니까 그렇죠. 지금 이 모습이었으면 바로 알아봤을걸요?"

"하긴 그렇겠네."

이모는 그렇게 말하며 소녀처럼 웃었다.

뭐, 말은 그렇게 했지만 지금 이렇게 하고 있었어도 못 알아봤을 것 같았다.

음, 이런 거 보면 확실히 여자는 변화로 활력소를 얻는 생물이라는 누군가의 말이 틀린 말은 아닌 것 같았다.

이모는 지금 검은색 코트에 평범한 챙 모자와 선글라스를 쓰고 있었다. 바지도 어디서나 흔히 볼 수 있는 청바지였다. 지금 우리가 있는 곳은 조용하고 한적한 술집. 마침 손님도 별로 없는 탓에 이모를 알아보는 사람은 없었다.

"그나저나 정말 이모는 안 늙네요. 어떻게 된 거예요?"

"관리의 힘이지."

"그렇군요."

오랜만의 대화인 탓인지 왠지 어색했다. 물론 그건 나만의 생각인 듯했다. 이모는 나를 지그시 바라보며 무언가를 회상하는 듯했다. 아마도 아버지를 보는 거겠지. 이모는 아버지를 사랑했다고 했으니까.

"아직도 결혼 안 했어요?"

"했어."

"에? 진짜요? 누구랑요?"

"네 아버지랑."

"……"

아니, 그럼 멀쩡히 살아 계시는 우리 어머니는 어쩌라

고? 난 고개를 저으며 맥주를 들이켰다. 시원하고 따끔한 감촉이 기분 좋았다. 난 턱 숨을 내뱉은 뒤 말했다.

"한국에서 계속 언더 쪽 일을 하고 계셨던 거예요?"

"언더는 예전에 손 뗐지. 이번은 그냥 한국에 온 김에 평소 친하게 지내던 사람 클럽에 우정 출연해 준 것뿐이었어. 그건 그렇고, 네 아버지에게 편지 같은 거 하나 받지 않았니?"

"…네? 그거 어떻게 아셨어요?"

"알 수밖에. 그전에 하려던 이야기나 마저 해보려무나. 어떻게 지냈고, 그 라이브 하우스에는 어떻게 오게 된 건지."

"아, 그러니까……."

난 비로소 내가 이곳에 온 목적을 떠올리곤 씁쓸한 기분이 드는 것을 느꼈다. 곧 내 입에서 여러 이야기가 흘러나왔고, 오백짜리 맥주를 다 마실 때쯤에야 이야기는 끝났다. 끝까지 아무 말도 않은 채 조용히 말을 들어주시던 이모는 맥주를 하나 더 시킨 다음 내게 말했다.

"그렇구나. 흠, 하지만 그런 식으로라면 오래가기 힘들 텐데……."

"그렇다고 그런 일에 쉽게 꺾일 수도 없는 일 아니겠어요? 애초에 일을 시작한 이유가 있는 건데. 삼촌들이 그랬어요. 큰 꿈은 원래가 이루기 어려운 법이라고. 중요한 건 타협하지 않는 거래요. 한번 꺾이기는 어렵지만 그 다음부터는 쉬운 법이라고."

"민아라……. 연예계는 아직도 그렇구나. 씁쓸한 일이야. 내가 오버를 버리고 언더로 온 이유도 바로 그것 때문이었단다. 그건 알고 있니?"

"네? 그랬어요?"

"그래. 당시 나는 깨끗한 연예계를 만들어보겠노라고 이런저런 사업도 벌이고 무언가를 한번 해보려 했단다. 하지만 쉽지 않더구나. 돈으로 해보려 하면 더 많은 것을 가진 이들이 날 위협했고, 행동으로 해보려 하면 더 큰 힘을 가진 이들이 비웃기라도 하듯 날 막았단다. 사실 난 더 이상 오버로 갈 수 있는 상황은 아니야. 어찌 보면… 그래, 쫓겨났다고 해도 과언이 아니겠구나."

"……."

많은 이들이 혜정 이모의 그룹인 아리나가 해체됐을 당시 많이 의아하게 생각했었다. 그리고 이모들이 연예계를 은퇴하며 잠적해 버렸을 때는 더욱 이해를 못했다. 그 당시 이모는 여자 연예인들 중에서는 아시아 최고라 해도 과언이 아니었으니 말이다.

한데 이런 속사정이 있었다니…….

"결국 날 그렇게까지 키워줬던 이들도 그런 권력층들 중 한 명이었거든. 부처님 손바닥 안이라고 해야 할까? 나중에 그 사실을 깨달았을 때에는 너무도 허탈했단다. 그제야 내가 꾼 꿈이 얼마나 어처구니없는 꿈이었는지를 알게 되었지. 그래서 오버에 미련을 버리고 언더로 온 것이란다."

규모가 커지면 그 어떤 단체라도 타성에 젖어들 수밖에 없다.

언더도 이제 방송만큼이나 그 규모가 커져 버렸다. 어느덧 주축들이 생겨나 버렸고 스스로 기둥을 지탱하겠다고 자처하며 권력을 손에 쥔 이들도 생겨났다. 클럽이나 하우스라고 해서 이제 아무나 공연을 할 수 있는 곳이 아니다. 실력도 있어야 하지만 무엇보다도 공연장의 주인, 또는 언더를 이끄는 단체들에게 로비를 해야 한다.

마치 언더라고 받았던 설움을 모조리 토해내듯 주축에 선, 그리고 권력을 잡은 이들이 서서히 오버의 권력층들과 같은 야욕을 부리기 시작한 것이다.

"물론 지금의 내 힘과 영향력이라면 일시적으로는 부술 수 있어. 왜냐하면 나는 지금의 언더를 키운 최고 공신 중 한 명이니까. 하지만 지치기도 했거니와, 이제는 그럴 시간이 없단다."

"어째서죠?"

"너무 큰… 정말 위험한 적이 있다는 것을 알아버렸으니까."

"적이라면……."

"너라면 알고 있겠지. 넌 적호문의 차기 후계자니까. 그 이름 모를 다국적 기업 연합체들의 모임을 말이야."

"기업 연합체들의… 모임이요?"

"그래. 어둠 속에서 세계의 문화를 지배하려는 거대 단체… 아는 사람들은 그들의 이름을 '엔드리스' 라고 부른단다."

"엔드리스? 그게 그들 연합의 이름이에요?"

"그래. 일본의 대부호를 주축으로 한 곳이란다. 후우, 사실 내가 먼저 널 찾아갔어야 하는데 이렇게 네가 날 찾아왔으니… 참 재미있구나."

"…네? 그건 또 뭔 소리에요?"

날 찾아왔어야 했다고?

이모가? 왜?

내 어안이 벙벙한 표정에 이모가 물었다.

"너, 아버지의 편지를 받았다고 하지 않았니?"

"네. 받았죠."

　"거기에 통장이랑 인감도 있었지? 아마 수한이 삼촌 편을 통해서 건네줬을 텐데… 아니니?"

　"맞아요. 백억이라는 어마어마한 돈을 용돈이랍시고 던져 주셨죠. 여전히 무책임하시다니까요."

　"후후, 나도 많이 반대했지만 꼭 줘야겠다고 우기는 통에 말릴 수 없었단다. 아, 이게 중요한 게 아니지. 너 혹시 편지에 아버지가 조만간 널 찾아올 사람이 있을 거라고 적어놓은 부분, 보지 못했니?"

　"아뇨. 봤죠. 근데 그런 사람 이미 찾아왔는걸요."

　"찾아왔다고? 나 말고 다른 사람이?"

　"네. 레이첼이라고… 음인이 삼촌 딸인데 모르세요?"

　난 그제야 분위기가 뭔가 이상하게 돌아간다는 것을 깨달았다. 음인이 삼촌의 딸이라는 말에 이모의 표정이 급속도로 어두워졌던 것이다.

　한참 동안이나 아무 말 없던 이모는 새파랗게 질린 얼굴로 더듬더듬 입을 열었다.

　"그, 그럴 리가 없어. 음인이의 딸인 레이첼은… 레이첼은……."

　다음, 난 모골이 송연해지는 것을 느껴야 했다.

　"어렸을 적 엔드리스 사람들에게 피습을 당해 죽었으니까."

“……!”

죽었다고? 그, 그러면 우리 집에 있는 사람은……?

난 너무나 놀라 할 말을 잃어버리고 말았다. 경악의 표정을 짓고 있는 나를 이모는 침중한 표정으로 바라보았다.

“……”

“……”

우리 사이에 대화가 중지됐다.

무거운 분위기가 공간을 내리누르는 것 같았다.

그때,

“풋, 푸후훗!”

점점 바뀌는 이모의 표정, 그리고 새어 나오는 웃음.

“하하하하!”

곧 참지 못하겠다는 듯 이모는 크게 폭소를 터뜨렸고 난 의아한 표정을 지었다. 이모는 눈물을 닦으며 어리벙벙해 있는 내게 말했다.

“농담이야. 모를 리가 있나. 레이첼은 미국에서 나와 같이 살고 있었는걸.”

“…뭐야? 그럼 저 놀린 거에요?”

“아니, 간만에 분위기가 너무 심각한 것 같아서 장난 좀 쳤지. 어? 설마 화난 거 아니지?”

“그, 그럼요. 화 안 났어요.”

난 그렇게 말하며 테이블 밑에 손을 내린 채 주먹을 쥐었다 폈다 하고 있었다. 정말 이모만 아니었다면, 어우!

“근데 같이 살고 있었다고요?”

“응. 나 본거지는 미국에 있잖아. 레이첼도 연예 활동 하느라 잠시 나와서 살고 있었는데 한동안 나랑 같이 살았어.”

“나와서 살고 있었다고요? 집안에서 그걸 허락해 줬대요?”

“나랑 같이 살겠다는데 그럼 어쩌겠니? 당연히 허락했지.”

“흐음, 뭐, 연예인이라면 무슨 일 하는 건데요?”

“어머, 듣지 못했니?”

“뭐, 별로 관심이 없어서.”

“그럼 지금은?”

그렇게 말하며 의미심장하게 웃는 이모.

난 솔직히 대답했다.

“너무 신경 안 쓰고 지내는 것도 보기 안 좋을 것 같아서요. 레이첼이 절 미워하긴 하지만 그래도 빌어먹을 아빠와 의형제지간인 음인이 삼촌의 친구라는데… 뭐, 얼굴은 한 번도 보지 못했지만.”

"흐음, 넌 아빠를 원망하고 있나 보구나."

"이전까지는 그랬죠. 하지만 편지를 받고 나서는 그런 생각 지웠어요. 아빠도 나름 힘들겠구나 싶은 생각이 들어서."

"그래. 기특하구나. 확실히 넌 수호와 비슷한 면이 많은 것 같아. 수호도 그랬거든. 그렇게 자기 아버지를 원망하고 그랬으면서도… 정작 아버지가 왜 자신을 떠나 있었는지, 그리고 끝까지 자신 앞에 얼굴을 보이지 못했었는지를 듣고 나서 모든 것을 용서해 버렸거든. 그리고 아버지의 짐을 대신 짊어져 버렸지. 그 일에 대해서는 잘 모르겠지?"

"네. 집에 할아버지가 계시긴 한데 지금 묻기에는 적기가 아닌 듯해서 일부러 가만히 있었죠. 잘됐네요. 괜찮다면 지금 이모가 알려주세요."

"흠, 그래도 너희 집안의 일은 아무리 나라도 함부로 관여한다는 게 좀 그렇구나."

"뭐 어때요. 우리 아버지랑 결혼하셨다면서요?"

"그거야……."

그 말에 비로소 이모가 곤란한 표정으로 입을 닫았다. 음, 이모긴 하지만 전직 요정(?) 출신이라 그런지 확실히 귀여운 점이 많다. 난 비로소 아까의 복수를 한 듯싶어

씨익 웃으며 말했다.

"그럼 제 동생은 언제 태어나는 거예요? 보니까 아직 소식은 없는 듯하고… 아니, 아직 안에 있는 건가?"

난 냉큼 자리에서 일어서 이모 앞에 쭈그려 앉은 채 배를 쓰다듬었다. 그 모습에 이모가 웃음을 터뜨리며 내 머리를 쥐어박았지만 거기에 굴할 내가 아니었다. 난 자리에서 일어서 이모 옆자리에 앉아 어깨에 팔을 걸쳤다. 그리고 은밀한(?) 표정으로 속삭였다.

"사실 아까 클럽에서 봤을 때 너무 놀랐어요. 왜 그런 줄 아세요? 제가 마음에만 그리고 있던 악마가 하강한 줄 알았거든요."

"악마? 천사가 아니라?"

"악마죠, 악마. 내 마음을 어지럽힌… 무섭도록 매력적인 악마."

"흐응."

이모는 태연한 표정으로 맥주를 마셨다. 왠지 너 따위는 조금도 신경 쓰지 않는다고 말하는 듯했다. 그 모습에 난 질 수 없다는 생각에 이모의 늘씬한 다리에 손을 대려다가 이모가 청바지를 입었다는 걸 생각하곤 자리를 바꿔 허리를 휘감았다. 한 줌도 되지 않을 듯 잘록하고 늘씬한 허리의 감촉이 느껴졌다.

　물씬 풍기는 성숙한 여인의 향기. 후우, 가까이 보니 이모도 살짝 주름이 있구나.
　"근데… 악마도 세월에는 어쩔 수 없나 보네요."
　"왜?"
　심각해지는, 아니, 그보다는 뾰족하다고 해도 좋을 만한 표정. 슬며시 미소 짓고 있던 얼굴이 그 한마디에 얼어붙어 버렸다. 난 손가락으로 눈가의 미세한 주름 하나를 짚으며 말했다.
　"여기 그 흔적이……."
　퍽!
　"컥!"
　그때 입으로 날아온 주먹.
　난 정신이 멍해지는 것을 느끼며 그대로 뒤로 뻗어버렸다.
　"꺅! 유, 유빈아!"
　손에 쥔 재떨이를 들고 어쩔 줄을 모르는 이모를 보며 난 그대로 눈을 감았다.

　"유, 유빈아, 괜찮니?"
　"아, 누구세요? 아무것도 기억이 나지 않아요. 난 누구죠? 여긴 어디죠?"

차 안에서 난 턱을 괸 채 창밖을 바라보며 말했다. 이모는 운전을 하면서도 안절부절못하는 모습을 보였지만 내가 알 바 아니다. 설마 내가 여자에게 기습당해 기절하게 될 줄이야.

"그러게 누가 민감한 일로 장난을 하라고 그랬니? 그렇잖아도 그것 때문에 요즘 속상하단 말이야. 내가 얼마나 신경 써서 관리하고 있는데……."

"아악! 갑자기 머리가……!"

"휴우."

난 머리를 부여잡고 몸부림을 쳤고, 이모는 더 이상 아무 말을 못한 채 그저 한숨만 내쉬고 말았다. 그리고 시작된 정적. 난 살며시 고개를 돌려 이모를 바라보았다.

요정, 아시아의 요정.

조금 과장하여 이모가 젊었을 시절에는 누구도 이모를 좋아하지 않는 남자가 없었다 한다. 그야말로 이모는 폭발적인 인기를 자랑했고 요정이 아닌, 여신 같은 미모와 분위기, 매력 등으로 많은 이들의 우상이었다고 한다.

물론 지금도 이모는 아름답다.

여자는 삼십대가 되어서야 비로소 피어난다고 한다. 근거없는 말이긴 하지만 이모를 보면 그 말이 맞는 것 같다. 나도 이모의 젊었을 시절의 사진이나 공연 영상 등을 많이 봐왔기에 얼마나 아름다웠는지를 잘 알고 있다. 뭐, 그래 봐야 내게는 어린 시절 날 자주 안아주고 돌봐주던 엄마와 같은 존재이긴 했지만 말이다.

"아버지는 뭐 하고 지내요?"

"똑같지, 뭐. 음악 작업하면서… 그들에게서 피해 다니고 있어."

"아니, 도대체 아버지가 뭘 가지고 있기에 그렇게 큰 기업 연합체에서 쫓아다니는 거죠? 정말 이해할 수가 없네요. 그들이 원하는 게 뭐예요?"

"그들은……."

이모는 잠시 말을 끊었다. 아마도 자신이 먼저 이런 말을 해도 좋은지 망설이는 듯했다. 그리고 나를 생각하여 그런 것일 수도 있다. 난 그런 이모를 안심시켜 드리기 위해 평소 꺼내지 않던 말을 해야 했다.

"이모, 나 세계 3대조직 중 하나인 적호문의 후계자에요. 제가 마음먹으면 누구도 절 해할 수 없어요."

"…그래 봐야 고딩이지. 그리고 내게는 똥싸개 조카이기도 하고. 사실 지금도 망설여져. 너를 정말 이 위험한 세계에 끌어들여도 좋은지."

"끌어들여도 좋아요. 사실 이모가 안 끌어들여도 제가 먼저 들어가려고 했으니까요. 그들은 이미 저와는 피할 수 없는 척을 졌어요."

"어떤 이유로?"

"저희 가정을 파탄 내버렸잖아요. 그리고 그것 때문에 어렸을 적 레이첼에게 죽을 뻔했다구요."

난 뭐든지 다 잘하지만 단 한 가지, 수영은 못한다. 어린 시절 그 사건 때문에 물에 대한 공포증이 생긴 것이다. 그래서 난 남들 다 가는 바다나 수영장을 한 번도 가보지 못했다. 이게 다 그 빌어먹을 자식들 때문이야!

왜 결과가 그렇게 귀결되는 거지?

망설이던 이모는 결심한 듯 곧 입을 열어 말해주기 시작했다.

"다국적 기업 연합체인 앤드리스는 본래 기업이라기보다는 세계 특유층들을 대상으로 한 언더와 오버를 초월한 모임의 임원 연합에 가까운 곳이었어."

"언더와 오버를 초월한 모임이요?"

"그래. 글레디에이터라고 알고 있니?"

"네. 노예 검투사들 말하는 거 맞죠?"

"그래. 사람의 가장 원초적인 본능을 자극하는 거라면 피 튀기는 전장 말고도 섹스, 식욕, 그리고 먹을 것 등등이 있지. 앤드리스는 바로 그 모든 것들을 종합한 투기장 같은 개념이었어. 그곳은 세계 부유층들 중에서도 단

5% 안에 드는 이들에게 입장 자격을 부여하여 비밀리에 행사를 열곤 했지. 세계의 모든 어둠이 판치는 곳, 더불어 알려지지 않은 기상천외하고 뛰어난 실력자들이 모여 각자의 장기로 자웅을 겨루는 곳, 그곳이 바로 앤드리스였어."

"앤드리스……."

그것을 시작으로 이모의 입에서는 누구도 상상 못했을 법한, 마치 공상만화에나 나올 법한 이야기들이 쏟아져 나오기 시작했다.

"비록 1년에 단 한 번 열리는 대회였지만 그곳의 규모는 세계 경제 정도는 쉽게 움직일 수 있을 만한 천문학적인 자금이 움직이지. 각 부분의 최종 승자들은 자자손손 몇 대가 펑펑 써도 마르지 않을 엄청난 돈을 얻게 돼. 그건 가수가 빌보드 차트에서 설령 10주 연속 1위를 한다고, 요리사나 격투가들이 세계 최고의 대회에서 수십 번 1위를 차지한다고 해도 얻을 수 있는 금액이 아니야. 그야말로 엄청난… 일반인은 상상도 할 수 없을 금액이 단번에 제공되지. 물론 그걸 얻기까지는 죽음도 불사할 경쟁과 모략들이 벌어지긴 하지만 말이야."

"아……."

"분명 이전까지의 앤드리스는 그런 식의 전 세계 5% 안에 드는 있는 자들의 유희장과도 같은 곳이었지만… 정확히 25년 전 한 사내의 등장으로 모든 게 변질되어 버렸지. 여기서 문제. 돈으로도, 그리고 어떠한 기술로도 이룰 수 없는 게 무엇인지 알아?"

"그건……."

난 잠시 생각했다. 사실 요즘 시대에 돈으로 안 될 건 없다. 사랑도, 그리고 친구도 돈이 있다면 만들 수 있다. 진심이 되게 할 수 있다. 아무리 아니라고는 하지만 진실은 피할 수 없다. 세상에 만병통치약이라 할 만한 게 있다면 그것은 바로 돈, 부귀영화였다.

하지만 그것으로 안 되는 단 한 가지가 있다. 바로…….

"생명?"

"맞아. 생명이야. 돈이 많으면 죽일 수는 있지만 죽음이 확정된 사람을 살릴 수는 없지. 죽은 사람을 되살릴 수도 없고 말이야. 그건 당연한 통념이야. 변할 수 없는 진리이지."

이모는 그렇게 말하며 한 번도 본 적 없던 굳은 표정을 지었다. 난 설마설마하며 다음 이어질 말을 기다렸다.

"하지만 25년 전에 등장한 사내는 그 통념을 깨뜨려 버렸어. 아, 사람을 살렸다는 이야기는 아니야. 하지만…
그럴 수도 있다는 가능성을 제공했지. 바로 죽어가던 병
자들을… 정말 죽기로 예정되었던 병자를 회생시키기에
이른 거야.”

“회생이라면… 병을 치유시켰다는 건가요?”

“그래. 그것도 노래로.”

“그런…….”

믿을 수 없었다.

노래로 불치병을 가진 사람을 치유했다고? 그걸 지금
믿으라고 하는 소리야? 내가 믿든 말든 이모의 설명은 계
속되었다.

“그 사람이 바로 네 친할아버지야. 그분은 노래로써 죽
을 수밖에 없었던 불치의 병자를 치유시켜 버렸고, 그것
을 바탕으로 앤드리스의 모든 회원들을 경악시켜 버렸
지. 당연히 세계에 알려지지는 않았지만 그건 정말 놀라
운 사건이었어.”

차는 어느덧 다리를 건너고 있었다. 한강 너머로 보이
는 아련한 불빛 속에서 난 멍하니 이모의 말에 집중했다.

“한 치의 반론도 필요없었어. 사실 당연한 일이었을 거
야. 네 할아버지는 그날을 기점으로 모든 회원들의 만장
일치로 우승을 차지했고, 세계에 이름을 널리 알리게 되

었지. 그리고 그게 문제가 되었어.”

“문제라면…….”

“앤드리스의 입장 자격을 부여받은 회원들, 그들을 우리는 노블레스 클럽이라고 부르는데 그 클럽의 모든 회원들이 네 할아버지를 찾으려 수단 방법을 가리지 않게 된 거야.”

“치유의 힘 때문인가요?”

“그렇지. 그들은 누구보다도 더 죽음을 두려워하는 족속들이었거든. 그분을 복속시켜 평생 자신의 사람으로 만들어 노래를 듣고자 했던 거야. 그러면 영원히 살지는 않아도 평생을 행복하게, 건강하게 살 수 있을 거라 생각했던 거지. 어쩌면 평생 살 수도 있을 거라 생각했을 거야.”

“아…….”

“노래로써 사람의 병을 치유하는 것, 그것은 네 할아버지의 평생 숙원이었지만… 그것을 이룸과 동시에 헤어나올 수 없는 늪에 빠지게 된 거야. 아이러니한 일이지? 꿈을 이룸과 동시에 더 큰 불행을 안고 살아야 한다는 게. 그렇게 네 할아버지는 도망자가 되었어.”

“그런…….”

기가 막힐뿐더러 정말 현실성없는 이야기였다.

아니, 그 허구한 날 막걸리만 찾으며 꼬장 부리길 좋아하는 늙은이가 그렇게 엄청난 사람이었다고? 노래로 불치의 병에 걸린 사람을 치유했다니, 이걸 대체 어떻게 받아들여야 하는 거야?

그러나 그다음에 들려준 이야기들은 더욱 가관이었다.

"그걸 네 아버지가 알게 되었지. 그게 아마 프론티어라는 그룹이 세계를 재패하고 더 이상 올라갈 수 없는 곳에 서게 되었을 그 시점이었을 거야. 그 때문에 네 아버지는 그룹을 해체했고 네 할아버지를 찾아가게 되었지. 그리고 그 길에 음인 씨가 함께하게 되었어."

"어떻게요?"

"그건 나도 잘 몰라. 이것도 네 아버지 편을 통해 전해 들은 사실이어서. 칫, 나도 그 현장에 있었다면 좋았을 텐데."

이모는 그렇게 말하며 분한 듯 입술을 잘근 깨물었다. 난 이해가 가지 않았다. 아니, 삼촌들이 혼자 가라고 가만히 놔뒀단 말이야? 그럴 리 없었을 텐데?

"삼촌들이 가만 놔뒀어요? 평소 성격들로 보면……."

"어쩔 수 없었어. 본인의 의지가 너무 강건했거든. 너라면 자기 자신의 일에 그렇잖아도 신세 많이 진 사람들을 억지로 끌고 가고 싶겠니?"

"…그건 아니죠."

"거봐. 똑같다니까."

"하지만 음인이 삼촌이 뛰어든 건 이해할 수가 없는데요?"

"그것도 어쩔 수 없었어. 박인수라고… 어릴 적 친구였던 사람 때문에 어쩔 수 없었거든."

"네? 왜요?"

"박인수라면……."

"이미 너도 알 거야. 선우와 현정이의 친부 말이야."

"아……."

"그 부인이 좀 독한 사람이거든. 그리고 그 여자가 바로 앤드리스의 실질적인 주인이야. 그 집안이 일본 정계를 비롯, 보이지 않는 돈의 흐름을 쥐고 있는 가문의 안주인이라나 봐. 일본의 야쿠자도 그녀의 영향 아래에 있지. 이미 일본 연예계는 그녀의 손아귀에 있어. 알고 있지? 일본 연예계는 야쿠자들과 긴밀한 관계를 가지고 있다는 거. 이미 앤드리스의 세력은 우리나라에 깊숙이 침투해 있어. 사실 다국적 기업이라고는 했지만 정확히 말하면 그녀의 세력인 앤드리스와 그녀를 도와주는 외국 기업들의 합작이라고 생각하면 돼."

"이미 앤드리스의 세력은 우리나라에 깊숙이 침투해 있어. 사실 다국적 기업이라고는 했지만 정확히 말하면 그녀의 세력인 앤드리스와 그녀를 도와주는 외국 기업들의 합작이라고 생각하면 돼.”

“결국 문제는 그 박인수라는… 아버지 친구분의 부인이라는 거군요. 암살은 안 되나요?”

난 진지하게 물었다. 분명 고교생이 할 만한 말은 아니었음에도 이모는 아무 내색 없이 진지하게 답해주었다.

“무리야. 어디 있는지조차도 파악이 안 되는데? 일본 내부에서도 그녀에 대한 정보는 특급 기밀로 다뤄지고 있어. 음, 정확히 말하자면 그녀의 가문 자체가 기밀로 이루어진 가문이라 해야겠지.”

“한마디로 일본 전체와 맞붙는다고 보면 되겠네요. 하아, 이거 정말 난감하네요. 나나 우리 집안이 뭘 어떻게 할 수 있는 적이 아닌데요?”

“그래도 너희 아버지와 삼촌들이 아니었다면 우리나라 방송, 연예계는 진작 그들에게 넘어갔을 거야. 프론티어라는 존재, 그리고 아시아 최고의 기획사라는 S엔터테인먼트라는 존재. 그들이 아니었다면 한국은 진작 먹혔어.”

“아…….”

“하지만 이제 그 약발도 서서히 다되어가고 있어. 프론티어는 훌륭한 그룹이지만 점점 전설이라는, 새로운 세대는 실감도 할 수 없는 높은 곳을 향해 올라가 버렸지. 현 세대는 볼 수 없는 전설보다는 눈앞에 보이는 새로운 별을 원하고 있어. 옛날 위대한 톱스타들이, 그리고 프론티어라는 그룹이 그랬던 것처럼 모든 틀에 제한을 받지 않고 부숴 버릴 수 있는 그런 새로운 피를 원하고 있지. 하지만 내가 생각하기에 아직 그런 인재는 나타나지 않고 있어. 너도 알지? 현 가요, 연예계가 어떤 식으로 흘러가고 있는지.”

이모는 그렇게 말하며 씁쓸하게 웃었다.

현 연예계의 상황?

아주 웃기게 돌아가고 있다.

수많은 기획사의 투자자, 자금줄은 모두 외국계 기업인데, 특히 일본계 기업이 과반수를 차지하고 있다. 그 때문일까? 점점 우리나라 연예인들의 구성이 혼혈아들을 비롯, 글로벌 엔터테이너니 뭐니 해서 외모가 뛰어나고 재능도 특출한 외국인들을 무더기로 데려놓고 있다. 이젠 순수한 한국인들을 찾아보는 게 오히려 어려울 정도다.

물론 이 문제로 성토가 많이 일고 있지만 젊은 세대들이 알 게 무엇인가?

세계화라는 옳은 듯하면서도 모순된 관념에 사로잡혀 좋은 게 좋은 거라는 생각만을 한다.

겉만 보고 그것이 가져올 파장은 전혀 생각지 않는다.

영혼이 실린 아름다운 음악보다는 비쥬얼적이고 말초신경을 자극하는 것들만을 고집한다.

생각에 잠겨 있는 내게 이모가 꾸짖듯 말했다.

"현명하게 생각해야 해. 네가 프로듀서를 하든 매니저를 하든 네가 택한 길이니 내가 뭐라고 참견할 것은 못 되겠지만… 그래도 이 말은 하고 싶구나. 정신을 차리지 않으면 완전히 먹혀 버린다는 걸 말이야."

"아……."

"보이지 않는 위협은 상상도 못한 것들을 파고들 거야. 절대로 타협해서는 안 돼. 아주 작은 거라도 말이야. 네가 택한 길만 걸어가라. 네가 맞다고 생각했으면, 그리고 네 정의에 위배되지 않는 길이면 그게 멀고 험난하다고 해도 당당히 어깨를 펴고 걸어가야 해. 네 자신의 정도를 걸어. 적어도 내 경험으로는 꽁수를 부려 따낸 위치는 보다 더 참담하게 무너질 테니까. 알겠니?"

"네."

"그래."

그 말 역시 삼촌들이 해주었던 충고와 일맥상통하는

이야기였다. 그것으로 집에 도착할 때까지 우리의 대화
는 끊겼지만 난 다시 한 번 고민해야 했다.

그것은 내가 이 일을 처음 시작하기 전부터 줄곧 해왔
던 하나의 물음에 대한 것이었다.

과연 내가 걸어야 할 길은 무엇일까?

이모와 함께 집에 돌아온 난 미처 생각지 못했던 난감한 상황에 직면하게 되었다.

그것은 바로…

"에에엑? 아, 아리나의 김혜정 씨?"

"……!"

문을 열어 나를 맞아준 이들은 다름 아닌 미란이와 수진이였던 것이다.

"밥 먹었어?"

"당연히 먹었지… 가 중요한 게 아니잖아! 대체 뭐야?

오빠, 옆에 있는 그 여자분, 아리나의 김혜정 씨 맞지? 그치? 응?”

“에… 일단 제대로 본 게 맞긴 한데… 문제있어?”

“당연하지!”

두 아이들은 한목소리로 대답했다. 난 머리를 긁적이며 말했다.

“와, 거, 눈 한번 좋네. 오밤중에… 그것도 모자와 선글라스 때문에 얼굴도 제대로 보이지 않을 텐데 어떻게 알아본 거야?”

그 말에 괜스레 발끈하며 미란이가 목청을 높였다.

“오빠 바보야? 연예인 지망하는 여자들치고 아리나의 리드 보컬 김혜정 씨를 모르는 사람이 누가 있어? 모르면 그게 더 바보지!”

“맞아! 우리가 얼마나 김혜정 씨를 좋아했는데! 와! 여기서 이렇게 보다니… 팬이에요! 저 초등학교 때부터 무지 좋아했어요!”

“저도요! 사, 사인! 맞아, 사인 받아야 돼! 펜이 어디 있더라, 펜이?”

그리고 호들갑 모드로 변신한 두 아이.

“네가 말한 그 애들이니?”

“아, 긴 머리가 미란이고요, 짧은 머리가 수진이라고…

기획실장을 겸하고 있는 능력있는 애예요."

"호, 둘 다 귀엽게 생겼구나. 내 젊은 시절을 보는 것 같은데?"

참 이상도 하지.

삼십대 중반인 이모가 이제 막 피어나려는 십대 후반인 두 아이보다 훨씬 예쁘니 말이야. 흠, 역시 여자가 꽃을 피우는 시기는 삼십대! 승리의 삼십대 만세다!

그래 봐야 셋 다 딸 수 없는 과일이긴 하지만.

"자자, 그만하고 일단 들어가자. 안에 아무도 없어?"

"응. 올 때부터 텅 비어 있었는걸."

또 외출했나 보네. 어떤 의미로는 참 대단하다. 이렇게 두 사람이 찾아올 때에는 항상 집을 비우거나 얼굴을 보이지 않으니……. 그럼 아직까지 이 두 사람은 레이첼을 보지 못한 건가? 음, 레이첼도 스타라고 했으니 보이면 더 난감한 일이 생길지도.

"자자, 들어갑시다! 어이구, 춥다!"

난 두 사람의 등을 떠밀며 생각했다.

어디까지 밝히고 어디까지 숨겨야 되는 거지?

"그러니까… 이모?"

"응. 피가 섞이진 않았지만."

"피가 섞이지 않은 이모라고?"

"그래. 그러니까 더 묻지 마."

"그래도……."

뭔가 석연치 않은 듯 두 사람은 급히 입을 열려 했지만 난 묵묵히 고개를 저었다. 뭐, 생각해 보니 내가 딱히 말할 필요는 없을 듯싶었다. 우리가 뭐 연인이나 진짜 가족 관계도 아니고, 이런저런 일들을 일일이 다 말할 필요는 없었다.

"그냥 그렇게 알고 있어. 아, 마침 잘됐네. 이모, 이모가 한번 봐줄래요? 얘네 좀 가망성이 있는지 없는지."

"음, 그럴까?"

"네. 그럼 지하로 내려가요. 거기에 녹음실 있으니까."

마침 좋은 기회였다. 한때 여자 가수로서 아시아 전역을 재패했던 톱 가수에게 지도를 받을 수 있는 기회! 뭐, 그보다 더한 괴물이 항시 집에서 대기하고 있긴 하지만 그것과는 별개의 문제겠지?

"오, 오빠, 괜찮을까?"

"응? 뭐가?"

"그게……."

많이 불안하고 떨렸던지 미란이는 지하실로 내려가는 내내 안절부절못하는 모습을 보였다. 그리고 그것은 수진이 역시 다르지 않았다.

하긴, 그럴 만도 하지. 우상처럼 여기던 톱 가수에게 자기의 노래를 들려주게 됐는데.

딸깍.

그렇게 녹음실에 도착한 우리는 바로 노래를 부를 준비를 했다. 음, 사실 나도 떨린다. 내가 맡은 애의 성공 여부를 이모가, 다른 사람이 봐준다 생각하니……. 음, 그러고 보니 나도 미란이의 노래를 제대로 들어보지 못했네?

이거 조금 불안한걸.

"준비됐어? 엠알 튼다?"

―응!

긴장으로 가득한 미란이의 고갯짓에 난 살며시 고개를 저었다. 음, 뭐라도 해줘야 하나, 아니면…….

"잠깐, 잠깐. 그리고 미란이라고 했죠? 너무 긴장한 것 같으니 가슴 좀 펴봐요. 이렇게."

―네, 네?

그때 이모가 나섰다. 미란이는 갑작스런 이모의 말에 깜짝 놀라 어쩔 줄을 몰라 했다. 그러나 그것도 잠시, 곧 이모가 시키는 대로 숨을 고르기 시작했고, 그렇게 한참을 해서야 이제 좀 편안해졌는지 미소를 지었다.

“그럼 시작해 봐.”

“네.”

이모의 말에 난 큐 사인을 주며 조심스레 엠알을 틀었고, 곧 미란이의 노래가 시작됐다. 나와 수진이는 조마조마한 심정으로 미란이보다는 이모의 세세한 반응에 신경을 집중하기 시작했다.

전체적으로 빠르고 강한 비트의 댄스곡이었다.

현재 유행하고 있는 일렉트로닉 사운드에 트랜디한 느낌을 섞은 댄스곡.

사실 여기에 쓰인 가상 악기들도 그렇거니와, 형식도 예전부터 유행했고 어디선가 많이 들어본 것들이었다. 미란이는 그야말로 모든 것을 불태우듯 최선을 다해 노래를 불렀다.

“흐음.”

이모는 가끔씩 고개를 끄덕이거나 살며시 가로젓는 등, 알 수 없는 제스처를 계속하며 우리를 불안하게 만들었다. 어지간하면 그 상대가 지금 어떤 심정일지 표정만 봐도 반응을 읽을 수 있는 나였지만 이모는 도통 알 수가 없었다. 그래서 더욱 불안했다.

그렇게 노래가 끝나고 미란이가 나오자 잠시 침묵을

지키고 있던 이모가 말했다.

"이거 안무도 다 짜여 있는 상태겠지?"

"네."

"그럼 안무도 같이 한번 해봐. 한 번 봐서는 좀 애매한데? 유빈아, 여기 춤출 곳 있지? 아까 오면서 보니 연습실도 보이던데."

"네. 그럼 그쪽으로 가죠."

우리는 결국 연습실로 갔고, 미란이는 긴장 탓인지 아니면 노래를 열정적으로 부르느라 지친 탓인지 숨을 헐떡이며 우리 뒤를 따랐다.

"와, 좋네? 삼촌들이 정말 선물 하나는 제대로 해줬는데?"

"뭐, 아버지의 선물이라니 어쩔 수 없었죠. 가능하면 이런 식으로 삼촌들 신세는 지고 싶지 않았거든요."

"뭐, 조카한테 해주는 선물인데 어때? 어차피 돈은 아버지가 준 거잖아?"

"그렇긴 하지만… 쩝, 어쨌든 잠시 숨을 골라야 할 듯하니 조금 더 쉰 다음에 하는 게……."

"아니. 지금 바로 해."

"네?"

난 이어진 말에 깜짝 놀라 눈을 동그랗게 떴다. 이모는 단호하게 말했다.

"지금 저 아이의 상태가 무대에 올라가기 전 그 상태와 똑같아. 신인이 처음 방송 무대에 올라가게 되면 심리적으로 큰 부담감을 갖게 되는데 그게 근육의 이완 상태라든지 호흡 등에 큰 영향을 미쳐서 상당히 제한을 받게 되거든. 바로 시작해 봐."

"아, 그러면 뭐……."

난 머리를 긁적이며 미니 컴포를 플레이시켰다. 미란이와 수진이는 이곳의 존재를 알게 된 이후 기획사 연습실보다는 이곳을 더 애용하고 있었기에 시디는 항시 준비되어 있었다. 곧 사방에 설치된 스피커를 통해 인트로가 흘러나왔고, 미란이의 무대가 시작되었다.

긴장의 연속이었다.

분명 신나는 음악에 섹시함을 강조한 안무였지만 그 모든 것들이 무겁게만 느껴졌다. 이전 아시아 톱스타에게 보인다는 느낌일까? 평소에는 실수 한 번 없던 미란이가 유독 굳어 있는 게 느껴졌다.

실수 한 번, 그리고 두 번.

사실 인간인 이상 누구나 실수는 할 수 있다.

그러나 그 실수가 어떤 것이냐에 따라 큰 문제가 될 수

있다. 난 뜨끔하면서도 아차 한 심정에 슬쩍 이모 눈치를
봤다. 이모는 아까보다도 더욱 냉정하고 굳은 표정으로
미란이를 직시했다. 미란이 역시 그 시선에 철렁함을 느
꼈는지 더욱 발악을 하기 시작한다.

열심히 한다기보다는 발악으로 느껴지는 무대.

수진이는 차마 못 보겠다는 듯 슬며시 고개를 돌린 상
태였다. 그렇게 무대는 끝났고, 미란이는 지쳐 쓰러질 듯
헐떡이며 지친 기색을 보였다.

그리고 시작된 고요함.

우리가 생각하기에도 정말 엉망인 무대였다. 이모가
아니라 일반 관객들에게도 보여주기 부끄러운 무대. 곧
이모의 입이 열렸고 그 첫마디는,

"후우……."

긴 한숨 소리였다.

틀렸구나.

우리 모두는 그렇게 생각하며 눈을 감았다.

"열심히 해보세요. 당장 제가 할 말은 없군요. 아직 데
뷔도 하기 전이니… 사실 뭐라고 판단을 내리는 것 자체
가 말도 안 되는 일이죠."

"그, 그러면……."

"첫 무대였죠? 나쁘지 않았어요. 다만 담대함이 좀 부

족한 것 같네요. 노래도 그만하면 됐고 몸매랑 외모가 뛰어나니 춤도 자연스레 맵시가 나오는데… 아직 경험이 부족한 탓에 모든 게 매끄럽지 못했어요. 가능성은 충분히 보이니 열심히 연습해 보세요.”

“아, 감사합니다.”

“감사합니다!”

그 같은 말에 수진이와 미란이의 얼굴이 활짝 펴졌다. 하지만 난 그럴 수 없었다. 미소 한편으로 어두운 기색이 보였기 때문이다.

“후우, 저도 막 공연 마치고 온 터라 피곤하네요. 전 이만 올라가서 쉬어야겠어요. 연습 더 하실 건가요?”

“네. 아무래도 데뷔 날이 머지않았으니까요.”

“흐음, 그럼 전 먼저 쉴게요. 유빈아, 안내 좀 부탁해도 될까?”

“네. 배고프면 주방에 먹을 거 많으니 알아서 만들어 먹고, 조금 있다가 내려올게.”

“응. 우리가 알아서 할게.”

미란이는 그렇게 대답한 후 들뜬 표정으로 수진이와 수다를 떨기 시작했다. 난 보이지 않게 한숨을 내쉰 후 이모와 함께 연습실을 나섰다.

"네가 생각하기에는 어떤 것 같니?"

"네? 아, 그게……."

난 잠시 고민하다 이내 말뜻을 알아차리곤 머리를 긁적였다.

뭐라 대답할 말이 없었기 때문이다. 이모는 이내 한숨을 쉬며 말했다.

"기획사에서 네 가족들에 대해 잘 모르지?"

"네."

"수겸 삼촌이나 다른 분들에게도 안 보여줬지?"

"네. 왠지 엄두가 안 나서……."

"난 네가 수호 아들이라는 게 안 믿겨진다."

"……."

"너 매니저를 하면서 이 바닥 생리에 대해 공부하겠다고 했는데… 넌 아무래도 매니저라는 직업을 우습게보고 있는 듯하구나. 사실 네 말을 듣고 좀 기대했었는데… 오늘 처음으로 너에 대해 실망을 하게 되는구나."

"……."

"적어도 내가 아는 강수호의 아들이라면 흐름에 편승하거나 남들이 다 하는 그런 길로 가지는 않으리라 생각했는데, 저 아이의 진짜 평가가 어떤지 궁금하니? 아까부터 안절부절못하는구나."

"그거야 뭐. 하하."

난 말끝을 흐리며 애처롭게 웃었다. 이모는 푹 한숨을 내쉬곤 내 머리를 비벼주며 말했다.

"분명 현 시대의 흐름을 타서 일류는 못 되도 이류나 삼류까지는 갈 수 있을 거야. 하지만 그 이상의 미래는 도저히 보이지 않는구나. 1집 내고 정말 운이 좋으면 디지털 싱글 두세 개 정도는 낼 수 있겠지. 물론 그것도 기획사의 형편이 좋다는 것에 고려를 해야 하지만. 그게 아니라면 밤무대 좀 돌고 가끔 클럽 뛰다가 그렇게 끝날 수도 있겠다 싶더구나."

"아……."

"사실 이 정도만 돼도 충분히 성공했다 말할 수 있을 거야. 내가 아까 그 아이의 노래를 들으면서 어떤 생각을 한지 아니?"

"아뇨."

"나는……."

곧 이모에게서 충격적인 대답이 들려왔다.

"오히려 네 무대가 보고 싶었단다."

"…제 무대요?"

"그래, 네 무대. 전설적인 싱어인 강수호의 아들인 바로 네 무대."

“…….”

“그러고 보니 너 스스로 권 씨로 성을 바꿨다지?”

“네. 아무래도 집안이 좀 그러다 보니… 이왕 독립하기로 한 거 철저히 해야겠다 싶었어요. 쌍칼 형 아시죠? 그 형 성이 권 씨잖아요.”

“아, 그럼 그 사람이 네 후견인이 된 거야?”

“그런 거죠. 아, 손님방은 2층에 있어요. 이쪽으로 가셔야 해요.”

“그전에 샤워부터 하고 싶은데, 괜찮을까?”

“당연하죠. 이쪽으로 오세요.”

흐름을 잠시 멈춘 난 이모를 샤워실로 안내해 줬다. 문을 열어 내부를 보여주니 이모가 잠시 놀란 표정을 지으며 말했다.

“이거 미국에 있는 우리 집보다 더 좋은걸? 레이첼이 무척 좋아했겠어. 그 아이, 유독 샤워 시설이나 그런 것에 민감하거든.”

이모는 그렇게 말하며 느닷없이 옷을 훌렁훌렁 벗기 시작했다. 난 눈살을 찌푸리며 말했다.

“이모, 갑자기…….”

“내 몸 예쁘지?”

“네?”

느닷없는 말.

난 멍한 표정으로 이모를 바라봤다. 이모는 씁쓸한, 아까 내가 미소 속에서 봤던 어두움을 숨기지 않은 채 드러내고 있었다.

이모는 계속해서 말했다.

"얼굴도 몸도 정말 관리 열심히 했어. 주위에서는 어릴 때부터 타고났다고 했는데, 사실은 달라. 내가 이렇게 되려고 얼마나 노력을 했는지 몰라."

이모는 그렇게 말하며 속옷마저도 모두 벗었다.

숨이 멎을 듯 잘록한 라인과 티끌 하나 없는 우윳빛 피부.

거기에 허리까지 닿는 비단길 같은 긴 생머리까지.

삼십대 중반에 접어든 이모였지만 아직도 외향은 한창 나이대의 모델들과 비교해도 전혀 빠지지 않았다.

"어려서부터 꿈이 가수였어. 연예인이 아닌 가수. 난 정말 멋진 노래를 불러서 사람들의 심금을 울리게 하고 싶었어. 비록 인기가 없다 해도 그거라면 충분하다고 생각했지."

이모의 눈은 과거를 회상하고 있었다.

희둥그레질 만한 미녀의 나신이 눈앞에 있음에도 난 천천히 젖어드는 숙연함에 아무런 말도 할 수 없었다.

"그래서 오디션을 봤고 합격했어. 얼마나 기뻤는지 몰라. 드디어 내 꿈에 첫발을 들이게 된 거잖아. 물론 어려움이 있을 거라는 생각은 했지만 그건 아무래도 좋았어. 꿈으로 가는 길이면 정말 즐겁게 걸어갈 수 있으리라 생각했거든. 그런데… 그게 아니더라."

난 다음에 나올 말을 예상할 수 있었다.

"당시에 같이 연습을 하고 있는 연습생 동기들이 참 많았는데… 그 아이들이 하나둘 데뷔하고 인기를 얻는 모습들을 보며 얼마나 부러웠던지……. 1년이 지나고 3년이 지나 중학교를 졸업할 즈음엔 처음의 기쁨이고 뭐고 하나도 남아 있지 않았어. 그저 데뷔했으면 좋겠다 하는 생각밖에는 없었지. 정말 데뷔해서 저런 스포트라이트를 받게 되면 뭐든 할 수 있겠다는 생각이 들기 시작했어. 그리고 그런 생각이 간절해지니까 기회가 찾아오더라."

이모는 그렇게 말하며 자신의 몸을 더듬었다. 조카이기에 앞서 외간남자 앞에 모든 것을 벗고 섰음에도 이모는 조금의 수치스러움도 느끼지 않는 듯했다.

손에 쥐면 너무도 부드러워 미끄러질 것만 같은 두 개의 봉우리.

"내가 말했지? 처음이 어렵지 두 번, 세 번부터는 쉬워

진다고. 내 첫 상대는 기획사 사장이었어. 자기에게 허락
해 주면 데뷔는 물론 날 리더로 세워 확실하게 밀어주겠
다는 말에⋯⋯. 물론 처음에는 고민도 많이 했어. 정말
이대로도 좋은 건가 하고. 근데 나 말고 다른 애들은 오
히려 간택을 기다리고 있는 처지였더라? 나만 바보가 된
기분이었어. 오히려 고민 상담하러 간 나를 이상한 아이
취급하면서 부러워하더라고.”

예나 지금이나 연예인은 젊은이들이 꼽는 최고의 인
기 직종이다. 그러니 자연히 사람이 많이 몰릴 수밖에
없다. 오디션으로 뽑힌 이들치고 가능성없는 이들이 어
디 있겠는가? 외모나 재능, 모든 게 극상이니 일부 쓰레
기 같은 놈들에게는 선악과처럼 탐나는 과실일 수밖에
없다.

“넌 모를 거야. 너의 아버지⋯ 삼촌들이 얼마나 대단한
사람들인지. 우리나라뿐 아니라 세계 연예계가 다 그래.
사람 장사를 하는 곳, 욕망으로 장사를 하는 큰돈이 오가
는 곳이라면 다 그래. 겉보기에는 화려하고 달콤해 보이
지만 내면을 파고들어 가면 징글징글한 벌레들이 느글느
글거리지. 나도 아시아라는 무대에 당당히 이름을 알리
기까지 각종 PD들부터 광고주 등에게 적잖이 로비를 해
야 했어. 돈? 그런 거 다 필요없어. 이미 그것을 결정하는

기득권층에게 돈이라는 건 그저 유희를 채우기 위한 것
에 불과할 테니 말이야."

그것은 잔인한 현실이었다.

이모의 솔직하면서도 직설적인 고백에 난 머리가 하얘
지는 것을 느꼈다.

"그래서 한계를 느꼈지. 그리고 알게 되었어. 하늘의
선택을 받은 지극히 극소수의 천재들이 아니고서는 그
틀을 벗어나는 건 죽었다 살아나는 일보다 더 어려운 거
라고. 그쯤 되니 이런 몸뚱이 따위, 이제는 그저 목적을
이루기 위한 도구로밖에는 느껴지지 않더라?"

이모는 그렇게 말하며 푹 고개를 숙였다.

아름다운 외모가, 눈부신 몸매가 그렇게 존경스럽고
높게만 느껴지던 이모가 지금은 그렇게도 약하게 보일
수 없었다.

"잘 생각해 봐."

그 말을 끝으로 이모는 샤워실 안으로 들어갔다.

난 울컥 솟구치는 뜨거운 무언가에 결국 흘러내리는
눈물을 참을 수 없었다.

"고마워요, 이모."

난 그렇게 말한 후 벽에 등을 기대며 한숨을 내쉬었
다.

“방법을 바꿔야 해.”

지금까지의 방법으로는 안 된다.

난 지금까지 내가 해왔던 방식으로는 아무리 발버둥 쳐도 죽도 밥도 안 될 것임을 깨달았다. 이모가 은퇴 후 어느 정도 시간이 흘렀지만 지금 봐도 이모의 무대는 정말 환상적이었다. 특유의 아름다움도 그렇거니와, 노래도 듣고 있으면 멍해질 정도였다. 더불어 아리나의 데뷔 앨범을 제외한 모든 곡은 이모의 자작곡이었다. 물론 군데군데 수겸이 삼촌이나 유명 작곡가들의 곡이 몇 곡씩 있긴 했지만 이모의 실력에 그것은 흠이 되지 못한다.

그런 이모가 말한다.

자신 역시도 치열한 계산과 로비가 없었다면 그 자리까지 오르지 못했을 것이라고. 그리고 거기까지가 바로 이모의 한계였다고.

결국 틀을 깨뜨리고 세상을 엎어 흔드는 건 극소수의 선택받은 천재들에게밖에는 허락되지 않은 특권일까?

천재. 과연 천재란 무엇이고, 재능은 또 무엇일까?

그리고 그게 어느 정도로 특출 나야 그렇게 될 수 있는 걸까?

“후우! 아버지 동영상이나 봐보자.”

그렇게 생각하자 가만히 있을 수는 없다는 생각이 들었다. 이렇게 상념에 잠겨 있느니 그 시간에 잠을 줄여서라도 연구를 해야 했다.

인정한다.

내가 매니저라는 직업을 만만히 봤던 것.

이모의 그 모든 행동은 매니저의 엄청난 희생과 뒷바라지가 있어야만 효과를 볼 수 있는 것들이었다. 나도 기를 써서 해야 한다. 항시 연구를 하고 지쳐 쓰러지지 않는 한 열심히 뛰어 스케줄을 따내야 한다.

즉시 멀티미디어실로 간 나는 미리 받아두었던 아버지와 삼촌들의 모든 영상을 다운받아 관람하기 시작했다.

"후우! 벌써 날이 밝았네."

확실히 멀티미디어실 안에 있으면 시간 가는 것을 잘 모르겠다.

내부 시설 설비를 삼촌들이 너무나 완벽히 해놨기 때문이다. 천장에 비스듬히 달린 유리창 너머로 쏟아져 내리는 아침 햇살들은 오늘도 변함없이 드넓은 집 안을 금빛으로 찬란하게 물들였다. 이 환상적인 광경에 난 기지개를 쭉 펴다 문득 어젯밤 연습실에 있었던 아이들을 떠올렸다.

"아직도 있으려나? 설마……."

혹시나 싶은 마음에 지하실로 내려갔다. 녹음실에는
당연히 없었고, 연습실에는… 헉! 뭐야? 아직도 연습하고
있어?

"잠깐, 잠깐! 미란아, 거기서 팔을 좀 더 뻗어보는 게 어
때? 손은 가지런히 모으고 허리를 좀 더 요염하게. 그래,
그렇게!"

수진이의 외침. 왠지 못 볼 꼴을 본 느낌이다. 바닥에
는 음료수 캔을 비롯한 먹다 남은 야식거리들이 뒹굴고
있었는데, 더 놀라운 것은 피곤에 푹 절어 핼쑥해진 얼굴
을 하고 있음에도 뭔가 뜨겁게 느껴지는 열기가 이글이
글 타오르고 있는 듯했다.

저러다가 일 나겠다. 나라도 말려야지.

"날 꼬박 새운 거야?"

"어? 오빠, 잘 잤어?"

"오빠 안녕."

그렇게 말하며 배시시 웃는 아이들. 난 고개를 저으며
미니 컴포에서 흘러나오는 음악을 중지시켰다. 그리고
아이들에게 말했다.

"연습도 좋지만 건강을 해치면서까지는 곤란하지. 오
늘은 이만하고 쉬어."

"하지만……."

내 말에 뭐가 그리도 불만인지 두 아이는 입을 삐죽 내밀며 소리없는 항의를 했다. 난 아이들에게 다가가 머리를 쓰다듬어 주려다가 확 풍겨오는 진한 땀 냄새에 움찔하며 황급히 뒤로 물러섰다. 그리고 코를 움켜쥐고 손을 휘휘 저으며 말했다.

"아욱, 냄새! 야, 야! 거지가 친구하자고 하겠다. 좀 씻어라. 여자애들이 이게 뭐냐?"

"어? 뭐야! 열심히 연습해서 그런 건데!"

"명색이 매니저라는 사람이 반응이 왜 그래? 오히려 칭찬해 주고 막 그래야 정상 아냐?"

"그전에 난 사람이랍니다. 휘이~ 저기 똥파리들 꼬이는 거 봐라. 빨리 씻어! 빨리!"

"윽!"

"익!"

내 말에 잔뜩 뿔이 난 듯해 보이던 아이들은 곧 서로를 보며 의미심장한 미소를 지었다. 그리곤 천천히 내게 다가오는 모습들이 심상치 않은데…….

"서, 설마… 설마 그런 잔인한 짓을?"

"눈치 한번 빠르셔라. 미란아, 덮쳐!"

"응!"

그리곤 두 팔을 벌려 모든 방위를 점하곤 순식간에 나를 덮쳐 왔다. 그리곤 내 몸 전체에 몸을 비벼대기 시작하는데, 후우, 사실 두 사람이 워낙 예쁘고 사랑스러운 탓인지 땀 냄새는커녕 향기로운 미녀의 향취가 더 진해졌을 뿐이다. 나야 기분이 좋긴 하지만, 음, 그래도 이건 좀 아니지?

"안 떨어지면 책임지지 못할 짓 한다?"

"무슨 짓?"

"해봐, 해봐!"

"윽! 그렇게까지 나온다면!"

난 눈을 부릅뜨고 두 개의 집게손가락을 들었다. 그리고,

"핫!"

두 아이의 가슴 정중앙, 그러니까 말하기 부끄러운 꼭지를 정확히 짚으며 외쳤다.

"미란이 A컵! 수진이 A컵!"

"꺄악!"

"꺄아아악!"

터져 나오는 비명. 두 아이는 언제 달라붙었냐는 듯 빠른 속도로 가슴을 가리며 주저앉아 버렸다. 난 물컹함이 확연히 느껴졌던 두 개의 집게손가락에 후우~ 하고 바람을 불며 능글능글한 표정을 지었다.

"변태!"

"성추행이야, 이거! 바보 오빠! 속옷도 안 입었단 말이야!"

"흐음, 그래서 찝찝했구나. 마치 빨래판에 손을 문댄 것 같은 느낌이 들었는… 웃차!"

난 날아오는 발차기를 가뿐히 피하며 씨익 웃었다. 너무 빨개져 달아오른 철판이 되어버린 두 아이의 얼굴이 더욱 귀엽게 보인다. 내 말에 반항하듯 두 아이가 외쳤다.

"그리고 A컵이라니, 실례야!"

"맞아! 우리 B컵이라고!"

"호, 그래? 내가 보기엔 A컵이었는데? 어쨌든 샤워하고 2층 손님용 방에 올라가서 잠이나 자라. 나도 날을 꼬박 새서 좀 피곤한 상태거든. 나 먼저 샤워하러 갈 테니 여기 깨끗이 정리하고 와야 된다? 알았지?"

"알았으니 빨리 가버려!"

"변태! 치한! 흑, 나 순결을 빼앗겨 버렸어! 미란아, 우리 어떻게 하지?"

"흑흑!"

급기야 두 아이는 서로 껴안으며 우는 척을 하기 시작한다. 난 가볍게 웃고는 자리를 벗어났다.

그래, 저 아이들을 위해서라도 어떻게든 해봐야겠지?

한숨 자고 일어나니 집은 텅 비어 있었고, 이모마저도 어디론가 외출한 상태였다. 음, 한동안 우리 집에 머물겠다고 하셨으니 곧 돌아오겠지 싶지만, 하아, 난 어떻게 해야 하나. 어차피 방송 스케줄 잡는 건 다 틀린 것 같은데 정말 갑갑하다.

"정말 다른 방향을 모색해 봐야 하나……. 음, 일단 방법들을 생각해 볼까?"

사실 방송이라는 매개체가 연예인들의 평균 기준으로 잡혀서 그렇지, 그것 말고도 활동할 수 있는 기회는 많았다. 정규 방송에는 전혀 출현하지 않는 인터넷 스타들도 있는가 하면 전문적으로 클럽이나 업소만 돌아다니는 이들도 있다.

실질적으로 연예인들, 특히 가수들이 돈을 벌 수 있는 길은 그다지 많지가 않다. 가요 프로그램이라고 해봐야 출연료가 십만 원부터 정말 많으면 백만 원 안팎으로 지급되고, 어느 정도 이름이 알려졌다 싶으면 대학교나 기타 축제를 뛸 수가 있다. 기본적으로 오십만 원부터 정말 잘나간다 싶으면 노래 두 곡 부르고 천만 원도 받을 수 있는, 가수들에게 있어서 대표적인 밥줄인 곳이기도 하지만 당연하게도 누구나 그렇게 받는 건 아니다. 조금 과장한다면 대한민국에 음반을 내 정식 가수로 등록되어 있는 이들만 네 자릿수가 넘는다. 그에 반해 행사의 수요는 한정되어 있다. 가수라고 해서 무조건 뛸 수 있는 그런 자리가 아닌 것이다.

그다음으로 노래방에서 부르면 나오는 수익금이 있긴 하지만 그것들은 대부분은 저작권료라 해서 작곡가에게 과반수가 돌아간다. 직접 만든 곡이 아닌 이상 가수가 받을 금액은 정말 얼마 되지 않는다.

음반 수익?

요즘 시대에 음반을 팔아 돈을 벌 수 있는 가수는 정말 내로라하는 톱 가수들 외에는 없다고 봐도 무방하다. 십만 장이 대박이라 불리는 시장이고 신인은 만 장만 팔아도 많이 팔았다고 칭송받는 시장이다. 대박이 아닌 이상 음반으로 수익을 내기란 사실상 불가능하다.

가장 큰 행사로 밤업소를 도는 것이 있다.

업소는 대부분 조직 폭력배들이 관리하는 곳이라 그곳과 연이 닿아 있지 않은 이상 어지간해서는 접근조차 할 수 없다. 물론 뛰기만 한다면 충분한 돈벌이가 될 수 있겠지만 그에 따라 잃어야 할 것도 상당히 많다. 우리나라 인식 탓인지 밤업소를 도는 사람들은 대부분이 정말 알려지지 않은, 3류 측에도 못 드는 가수들이거나 한물간 왕년의 스타들이라 생각되어지는 게 대부분인 것이다.

그렇다면 남는 건 무엇인가?

없다.

정말이지, 없다고 봐도 무방하다.

그나마 CF 자리는 특별한 일이 없는 한 갖가지 로비를 통해 이루어지는 게 대부분이다.

스폰서라는 게 있다.

좋은 의미에서 스폰서란 그 사람이 활동할 수 있도록 물심양면으로 지원해 주는 것을 뜻하지만, 일반인들도 알다시피 이 바닥에서는 결코 그런 좋은 의미로 쓰이지 못한다. 광고 효과도 없는 연예인이 이상하게 고급 CF, 예를 들어 냉장고라든가 화장품이라든가 일류 의류 광고 등에 자주 출연하는 경우가 있다면 그건 절대로 스폰서의 힘이라 봐도 무방하다.

몸과 몸의 거래로 이루어지는 관계.

그것이 바로 스폰서다.

이건 자신이 마음먹는다고 할 수 있는 게 아니다. 말 그대로 그들의 지목에 의해 간택되기를 기다려야 겨우 얻을 수 있는 최고의 행운인 것이다. 물론 찾아가서 자신에 대해 PR하는 경우도 있긴 하지만 경기불황이 아니고선 그런 일은 흔하지 않다. 그러고 보니 최근에는 어떤 여자 톱스타도 자신의 몸값을 거론하며 스폰서가 되어 줄 사람을 찾고 그랬다는 말은 들은 적이 있다.

"하아! 정말 남는 게 없구면."

생각할수록 암담했다.

차라리 미란이가 정말 눈이 휘둥그레질 정도로 완벽한 미모를 지녔다거나, 그것도 아니면 심장이 멎을 정도로, 소름이 팍팍 일어날 정도로 노래를 잘 부르고 춤을 기가 막히게 춘다면 일은 쉬워진다. 하지만 미란이는 모든 면에서 일반 가수들에 비교해 조금 나은 수준이다.

톱스타가 될 것이다. 그래서 언니, 민아가 왜 죽었는지, 어떻게 죽었는지를 파악해서 복수하고 말 테다 하는 나름 야심찬 꿈에 젖어 있을 미란이에게는 미안하지만 하늘이 뒤집어지지 않는 한 그런 일이 일어날 확률은 없다.

또 모른다.

계속 성형을 하고 기가 막히게 시류를 파악해 제때제때에 로비를 할 수 있으면 가능성이 있을지도 모른다.

하지만 그러자고 내가 나서서 미란이의 매니저가 된 것이 아니다.

그리고 그렇게 되는 즉시 미란이 역시 민아의 전철을 답습하게 되리라는 것은 안 봐도 뻔한 일이다.

이래저래 난감한 상황.

난 정말 어떻게 해야 할까?

─띠리리리.

그때 핸드폰 벨소리가 울렸다. 수겸이 삼촌에게 온 전화였다.

"여보세요?"

─아, 유빈이냐? 그래, 너 어디냐?

"저 집이에요. 방금 일어났어요."

─흠, 소식 들었다. 너 모든 방송에 공공의 적이 되었다지?

"아, 들으셨어요?"

─진작 알았지. 이 바닥에서는 소문이 쫙 퍼졌다. 어떤 기획사 신입 매니저가 완전 꼴통이라고. 여자 PD 얼굴에 망설임없이 주먹을 날렸다는 이야기 듣고 딱 감이 오더라. 너 지금 이곳으로 올 수 있니?

"기획사로요?"

─그래. 사실 네가 하는 양을 계속 지켜보고 있었는데 그대로 뒀다간 아무것도 못하고 자멸하겠다 싶더구나. 마침 여러 일거리가 들어와 있으니 한번 와봐라. 쓸데없이 자존심 세우지 말고.

"아… 음."

난 잠시 고민했다. 그러다가 어떤 생각이 스치고 지나가 황급히 삼촌에게 물었다.

"저 삼촌, 그러면 제가 맡고 있는 애도 데려가도 되요?"

─음? 상관은 없지만… 왜?

"안목 좀 넓혀주고 싶어서요. 아시아 최고의 기획사는 어떤 곳인지 보여주고 싶어요."

─그거라면 언제든 환영이지. 데리고 와도 좋다. 마침 나도 네가 맡게 되었다는 아이가 어떤 아이인지 궁금해하던 참이다. 마침 이곳에 성진이 삼촌도 와 있으니 잘됐구나. 이참에 오디션도 봐주마.

"엑? 성진이 삼촌이 와 있다고요? 음, 저기 혹시 혜정이 이모도 함께 있나요?"

─오, 어떻게 알았니? 아까 오전에 도착해 식사 같이하고 이야기 중이었단다.

"음, 어디 갔나 했더니… 네. 그럼 일단 지금 바로 나갈게요. 한 시간 반 정도 걸릴 듯싶네요."

─그래. 어디 안 도망갈 테니 여유있게 오너라.

"네, 삼촌. 그럼 조금 있다가 뵈요."

딸깍.

전화를 끊은 난 살짝 한숨을 내쉬었다. 그리고 바로 단축 번호를 눌러 미란에게 전화를 걸었다.

"어, 지금 어디야? 잠시 갈 곳이 있어서 그러는데 2시까지……"

"와아! 이곳이 그 S엔터테인먼트 본사야?"

"정말 크다."

미란이와 수진이는 눈앞에 세워진 거대한 빌딩을 보며 멍한 표정을 지었다. 빌딩 앞에는 오디션을 보러 온 수많은 이들이 줄지어 서 있었는데, 그 모습 역시도 우리 기획사와는 너무도 비견되는 모습이라 절로 탄성이 나올 정도였다.

흠, 예전에는 질리도록 보고도 별 감흥이 없었는데 이런 상황에서 보니 정말 대단한데?

"들어가자."

"으, 으웅."

"꿀꺽."

아이들이 긴장하는 건 당연했지만 이상하게 많이 와본 나도 긴장이 된다. 우리는 많은 군중들을 헤치며 빌딩 정문으로 나아갔고, 곧 우리를 가로막는 경비병들을 보게 되었다. 그러나 내 얼굴을 알아본 경비병은 살짝 고개를 숙여 인사를 해 보인 후 담담히 길을 만들어주었고, 우리는 많은 이들의 의문으로 가득한 시선을 느끼며 당당히 회사로 입성할 수 있었다.

"여기 끝 층이 사장실이야. 그리고 미처 안 한 말이 있는

데… 에효, 지금 해봐야 늦었겠지. 어쨌든 들어간 후 어떤 일이 기다리고 있더라도 절대 놀라면 안 된다? 알았지?”

“응? 왜, 왜 그래? 무, 무슨 큰일이라도 있어?”

“김수겸 사장님을 뵙는 것만도 엄청난 일인데 또 무슨 일이 기다리고 있다는 거야?”

깜짝 놀라 내게 시선을 집중하는 아이들. 난 엘리베이터를 잡으며 아무렇지도 않은 듯 말했다.

“걱정 마. 별일 아니니까.”

“왜, 무슨 일인데? 응?”

“말해줘, 오빠. 괜히 숨겨서 나중에 우리 심장마비 걸리게 하지 말고.”

아이들은 엘리베이터를 타고 올라가는 내내 불안한 모습을 보였다. 난 씁쓸히 웃으며 3층을 눌렀다. 3층은 연습생들이 모여 있는 트레이닝 룸이 모여 있는 곳이었다.

띠잉.

곧 신호음과 함께 문이 열렸다.

“아!”

“우와!”

우리 기획사로서는 상상도 할 수 없는 풍경. 그곳에는 수많은 아이들이 목이 터져라 노래를 부르고 뼈가 부서져라 춤을 추며, 발이 부르트는 것도 느끼지 못할 정도로 워킹 연습과 연기 연습을 하고 있었다.

바로 내일의 톱스타가 되기 위해, 아니, 그보다 앞서 바로 이곳에서 살아남아 당당히 데뷔하기 위해.

"연습생이… 이렇게 많아?"

"이삼백 명 정도는 돼. 모두가 재능이 넘치는 애들이야. 나 사실 어려서부터 여기 자주 들락날락거렸는데 이곳 불은 꺼질 줄을 모르더라고. 트레이닝 룸은 총 일곱 개 정도 되는데 항상 가보면 최소 오륙십 명 정도는 아예 이곳에서 살다시피 하면서 잠도 세네 시간 정도만 자면서 연습하더라고. 견학시켜 줄 겸해서 데리고 온 거야. 가볼까?"

"으, 응."

아이들은 짧게 대답하며 내 뒤를 따랐다.

난 한 방 한 방 아이들에게 보여줬고, 아이들은 보면서 점점 말을 잃어갔다. 연습생들은 우리가 들어와도 누구도 시선을 주지 않은 채 연습에만 열중하는 모습을 보였다. 한 명 한 명이 이미 데뷔를 해도 손색이 없을 정도로 뛰어난 실력들을 지니고 있었다.

두 번째 방, 세 번째 방…

그리고 차례차례 트레이닝 룸을 견학시켜 줄 때마다 난 왠지 잔인한 짓을 하는 것 같아 솔직히 가슴이 좀 아팠

다. 내가 이곳에 데려온 건 다름이 아니었다.

마지막으로 미란이에게 한 번 더 미래를 선택할 수 있는 기회를 주기 위함이었다.

정말 이런 광경을 보고도 연예인을 할 것인지, 아니면 포기하고 다른 길을 걸어갈 것인지.

마지막 방을 모두 돌 때까지 아이들은 한마디 말도 꺼내지 않았다. 심지어 감탄사조차도 내지 않았다. 그만큼 큰 충격을 받은 것이다.

그럴 만하다.

외모면 외모, 실력이면 실력, 거기에 끝없는 열정까지, 정말 보다 보면 기가 질릴 정도였기 때문이다.

"후우……"

"하아……."

마지막 방을 돌 때쯤에야 비로소 한숨이 새어 나왔다. 과연 두 사람은 어떤 생각을 하고 있을까? 사실 이런 내가 비겁하기도 하다. 그러나 이건 나 자신에 대한 마지막 시험이기도 했다. 저들이 관둔다고 하면 나 역시 관두고 새로운 길을 찾을 것이다.

그러나 끝까지 하겠다고 하면 나 역시 무슨 일이 있더라도 내 모든 것들을 다해 아이들을 도울 것이다.

"이제 올라가자. 기다리고 있는 분들이 있어."

"으, 응."

"……."

비로소 두 아이의 얼굴이 다시금 긴장으로 물들기 시작했다. 난 웃으며 엘리베이터를 잡았고, 곧 우리는 제일 윗층의 사장실에 도착할 수 있었다.

"삼촌."

"오, 조카! 어서 와라. 트레이닝 룸을 구경하고 있다는 소리를 들었다. 견학은 잘했니?"

"물론이죠. 좋은 공부가 되었어요."

"그래, 앉아라."

일어서서 날 맞아준 분은 수겸이 삼촌이었다. 소파에는 혜정 이모와 성진이 삼촌도 함께 있었는데, 난 문득 아이들의 반응이 궁금하여 슬쩍 고개를 돌렸다. 성진이 삼촌을 발견한 아이들은 사시나무 떨 듯 덜덜 떨며 어쩔 줄을 몰라 하고 있었다.

"프, 프, 프론티어… 어, 어떻게……."

"하, 한성진… 한성진 씨야!"

혼란에 빠진 듯한 모습들. 난 괜스레 애처로우면서 재미있기도 해 아이들의 어깨를 감싸 쥐며 조용히 속삭였다.

"꼴사납게 이러지 말고 일단 앉아. 내가 말했지? 무슨 일이 있더라도 담대하라고."

"하, 하지만……."

"이, 이건……."

"자자, 앉아. 삼촌이 비웃는다."

삼촌들과 이모는 우리 하는 양이 재미있다는 듯 말없이 웃으며 지켜보고 있었다. 뭐, 반응이 좀 지나치다 싶지만 예상하지 못한 건 아니다. 지금 두 아이의 앞에 있는 이들이 누구인가? 세기에 한 번 나올까 말까 하다는 전설적인 그룹 프론티어의 멤버인 성진이 삼촌이 아닌가? 한 번 보면 행운이라고 칭해지는 분들이다. 설마 이런 자리에서 만나게 되리라고는 상상도 못했을 거다.

이러다가 내 아버지가 누군지를 알면 아주 기절을 하겠구먼.

일단 아이들을 가까스로 달랜 나는 함께 자리에 앉았다. 곧이어 태희 이모가 시원한 음료수를 한 잔씩 내줬고, 난 그것을 한 번에 들이켠 뒤 웃으며 말했다.

"성진이 삼촌, 연습실이랑 녹음실은 잘 사용하고 있어요. 정말 고마워요."

"새삼스럽게. 그나저나 두 숙녀 분 중 어느 쪽이 우리 조카가 맡고 있는 가수분이시지?"

"이쪽이에요. 신미란이라고 하고, 데뷔는… 흠흠, 다 아시죠?"

"하하핫!"

난 차마 끝말을 이을 수가 없어 헛기침을 내뱉었다. 삼촌들은 이미 다 알고 있다는 듯 크게 웃었다.

수겸 삼촌은 고개를 절레절레 흔들며 말했다.

"후우, 그놈의 성질머리는 대체 언제 고칠 건지… 넌 정말 네 아버지와 하나도 다른 게 없더구나. 그 녀석이 컴백 이후 저질렀던 만행을 생각하면… 후우, 정말 지금 생각해도 끔찍하구먼. 죽을 뻔했던 적이 한두 번이 아니었지?"

"죽을 뻔만 했다면 그나마 나은 거죠. 성격은 또 얼마나 성급한지… 이 녀석 보면 정말 그놈이 어려진 것 같다니까요. 아니, 그보다 좀 더한가? 적어도 그 녀석은 여자에게 주먹질은 하지는 않았는데."

"그게… 어쩔 수 없었어요. 레이첼에게까지 변태 짓을 하려고 하니… 에효, 뭐, 정말 그런 여자가 다 있나 싶더라니까요. 인터넷 동영상 못 보셨어요? 저 완전 나쁜 놈 되어버린 거."

난 전철에서 그 여자 PD를 끌고 내린 후 시민들에게 찍혔던 동영상을 떠올렸다. 그 동영상에는 나를 여자나 때린 후안무치한 놈으로 그려놓고 있었고, 반응 역시 상당히 폭발적이었다. 난 그녀가 고소를 하지 않고 참고 있는 게 용할 정도였다. 뭐, 사실 그래주는 게 내 쪽에서는 더 편하겠는데 말이지.

"나도 봤다. 그래도 여잔데 좀 좋게 해결하지 그랬니. 그것만 아니었더라도 진작 데뷔했을 텐데. 그래, 앞으로는 어떻게 할 생각이냐? 듣자하니 모든 공중파, 케이블 방송국에 다 소문이 나서 출연 기회가 막혔다고 하던데, 생각해 둔 건 있니?"

"아직이요. 뭐, 삼촌들처럼 애를 그냥 외국으로 데려가서 그곳에서 데뷔시켜 버린다면 좋겠지만 제가 속한 기획사가 그 정도 여력은 안 되는 곳이라서요."

"아무래도 힘들 거다. 방송으로 데뷔하는 길은 모두 막혔다고 생각해야 한다. 또 모르지. 네가 찾아가서 그 여자 PD의 마음을 풀어줄 수 있다면 또 모르겠지만, 네 성격으로 봐서는 그것도 힘들겠지?"

"당연하죠. 그렇다고 대모님 힘을 빌릴 수도 없는 노릇이고… 하아, 어렸을 적에는 그렇게 쉽게 보였던 일들이 왜 지금은 어렵게만 느껴지는지 모르겠어요. 사실 어제도 이모의 충고를 듣고 하루 종일 프론티어 공연 동영상 보다가 날 새고 방금 일어난 거예요. 저 식사도 못했다고요."

두 끼나 식사를 거른 탓에 사실 몹시 허기진 상태였다. 하지만 시간이 너무 애매했기에 지금 삼촌들을 졸라 밥을 먹을 수도 없었다. 수겸이 삼촌이 조용히 웃으며 말했다.

"그건 그렇다 치고, 숙녀분들은 아까부터 너무 긴장해 있는 것 같은데… 일단 노래부터 들어보고 싶군요. 혹 지금 가능할까요?"

"네, 네? 아, 그, 그건… 아, 아니, 그러니까……."

어찌나 당황했는지 평소 그렇게 침착하던 수진이가 횡설수설하는 모습을 보인다. 그러나 그 모습도 꽤 귀여웠던 터라 모두는 크게 웃었고, 결국 수진이는 울상이 되어 빨개진 얼굴로 푹 고개를 숙이고 말았다.

휴우, 저래서야 나중에 어떻게 기획사를 이끌려고…….

"유빈아, 일단 노래와 춤부터 보자꾸나. 가능하니?"

"네."

"그럼 지금 한번 보자꾸나."

"음……."

그 말에 난 잠시 고민했다. 이곳으로 오며 준비했던 내 마지막 시험. 이제 그 문제를 꺼내 들 차례였다.

“그러지 말고 부탁이 있는데… 삼촌, 앙상블 홀을 사용
할 수 있을까요?”

“어렵지는 않지만… 구태여 그럴 필요가 있니?”

“있죠. 거기에 연습생들을 모두 모아주세요. 그들 앞에
서 일단 미란이의 무대를 선보이고 싶어요. 그리고… 그
들의 무대도요.”

“흐음……”

그 말에 수겸이 삼촌이 의미심장한 미소를 지었다. 내
말의 뜻을 파악한 것이다. 그것은 성진이 삼촌과 이모 역
시 마찬가지였는지 피식 웃으며 고개를 저었다. 대경실
색한 미란이와 수진이만이 내 옆구리를 무차별로 찌르며
항의하기 시작했다.

“오, 오빠! 어쩌려고 지금……!”

“왜, 왜 그래? 미쳤어? 오빠, 제발 좀……!”

“가만히 있어.”

그러나 난 단호한 한마디로 그 말을 묵살해 버렸다. 물
론 거기에 조용히 수긍할 아이들이 아니었다. 이곳이 어
떤 자리인지도 잊었는지 아이들은 정말 다급한 심정을
흩뿌려 대며 내게 말했다.

“한마디 상의도 없이 이게 뭐야? 아직 준비도 안 됐단
말이야!”

"준비는 무슨… 이제까지 안무, 노래 연습 다 했잖아?
백댄서만 없다뿐이지."

"그래도 마음의 준비라는 게 있잖아!"

"너 어차피 가수할 거잖아. 가수라는 게 뭐야? 관객들
앞에서 노래를 부르는 게 가수 아냐? 그게 그렇게 어려
워? 마음의 준비까지 해야 할 정도로?"

"하, 하지만……."

"후우!"

지인들은 앞이라 이런 말까지 하기는 싫었지만 아무래
도 한마디 해줘야겠군. 난 정색을 하며 말했다.

"이 정도도 못하겠다면 가수 때려치워. 지금 관객을 가
리는 거야? 상대가 누구든 무대에 선 이상 넌 가수고 객
석에 앉아 있는 이상 상대는 그저 관객일 뿐이야. 프론티
어니 최고 기획사의 연습생들이니… 그런 건 다 잊어. 넌
네가 지금껏 쌓아온 노력의 결과를 보이면 되는 거야. 이
런 기회 두 번 다시는 없어. 그래도 정 하기 싫다면 계약
해지하자. 날 믿고 따라오지 못한다면 나도 구태여 이렇
게 애쓸 필요도 없겠지. 안 그래?"

"……."

"……."

그 말에 두 아이는 비로소 입을 닫았다. 무언가를 깊게

생각하는 듯하는 그 모습에 난 삼촌들을 보며 말했다.

"부탁할게요."

"그래."

수겸이 삼촌은 흥미를 담은 눈으로 씨익 미소 지었다.

"뭐야? 갑자기 무슨 일이래?"

"몰라, 나도. 뭐, 앙상블 홀에 전 연습생, 간부들의 집합이라면 하나밖에 더 있겠냐? 평가겠지."

"그래도 이렇게 갑자기?"

"언제는 뭐 대놓고 했던 적 있었냐?"

"그건 그렇네. 연습 많이 했어?"

"나야 뭐 항상 똑같지. 아, 방금 전까지 무지 피곤했는데 잠 확 깨네."

"나도. 이번에는 정말 잘해야지."

수백의 연습생은 오늘도 갑작스럽게 전달된 소집 명령에 기대감 어린 눈빛을 보였다.

평가.

데뷔 날짜도, 그리고 기획도 정해지지 않은 그들에게 있어서 이날만이 자신의 꿈을 이룰 수 있는 유일한 기회이기도 했다. 함께 있는 이들은 동기이기도 했지만 그보다 앞서 최고의 자리를 두고 경쟁해야 할 라이벌이었다.

그들은 결연한 눈빛을 빛내며 자신이 연습하던 것들을 맞추는 데에 사력을 다했고, 그 탓인지 홀 내부는 시장바닥을 방불케 할 정도로 어수선해졌다. 음, 아주 이글이글 타오르는구나. 저런 아이들 앞에서라면 이거 어지간해서는 힘들겠는걸.

"오, 오빠, 어떻게 해? 다들 만만치 않아 보이는데. 이럴 줄 알았으면 연습 좀 더 해놓을걸."

무대 옆에서 미란이는 수백의 연습생을 지켜보며 어쩔 줄을 몰라 했다. 수진이는 진작 정신 줄을 놓은 듯 멍한 표정으로 홀의 이곳저곳을 둘러보고 있었다.

여기는 콘서트용으로도 많이 사용되는 곳이니만큼 그 규모나 시설들 면에 있어서는 우리나라에서도 손꼽히는 곳이다. 오죽했으면 다른 기획사의 가수들도 콘서트 등 여러 행사를 해야 할 일이 있으면 이곳을 빌릴 정도였으니 말 다한 것이다.

데뷔도 아닌 시연 무대를 이런 어마어마한 곳에서 가지게 된 것은 어찌 보면 자랑스럽고 영광스런 일이겠지만 그 대상이 최고 기획사의 간부들, 그리고 연습생들이라는 점에서 어쩌면 미란이는 더 큰 상처와 아픔을 가지게 될지도 모른다.

하지만 얻을 수 있는 것도 많다.

우선 하나, 어려서부터 다양한 사람들을 보고 자란 나였기에 안목 하나는 어린 나이임에도 확실했다. 그런 관점에서 볼 때 미란이는 지금도 충분히 미인이지만 크고 성숙해질수록 그 미모가 더욱 꽃을 피우리란 것을 알 수 있었다. 아마 이곳의 연습생들은 그것을 알아볼 수 있을 것이다.

연예인들, 또는 차기 스타들에게 얼굴과 매력을 어필한다는 것. 그것은 나중 일을 위해서도 여러모로 좋은 보험이다.

그리고 둘, 미란이는 무대를 보며 자신이 얼마나 나태했었는지, 이 바닥을 쉽게 생각했는지를 깨닫게 될 것이다. 물론 미란이가 게으르다는 건 아니다. 그러나 경험도, 안목도 없었기에 지금 자신이 어떤 노력을 어떻게 해야 하는지를 전혀 모르고 있다. 정해준 노래와 춤을 마냥 열심히만 한다고 실력이 느는 건 아니다.

자기에게 필요한 것이 무엇인지, 하고 싶은 건 무엇인지를 뼈저리게 깨달아야 비로소 연습다운 연습이란 것을 할 수 있게 된다. 시킨 걸 하는 건 누구나 할 수 있는 것이다. 그런 건 연습이 아니다.

셋째, 경험을 쌓게 된다.

사실상 지금 내가 마련해 준 상황만큼 최악의 무대는

없다.

도저히 좋을 평가가 나올 수 없는 것이 이 무대인 것이다.

아마 연습생들은 미란이가 공연을 하는 내내 나름대로 평가를 내리며 어떻게든 미란이를 깎아내리려 할 것이다. 그것을 이겨낸다면 미란이는 독기와 담대함을 기를 수 있다.

그리고 넷째, 무엇보다도 현 최고 기획사에서 뽑은 최고의 예비 스타들의 무대를 보고 지금 자신의 위치가 어느 정도인지를 알 수가 있게 된다. 자신을 아는 것. 그것은 무엇보다도 중요한 것이다.

뭐, 이렇게 장점들을 나열하긴 했지만 그것도 미란이가 깨닫지 못한다면 말짱 황이다. 그저 좋은 경험이었어, 이러고 끝낸다면 나로서는 할 말이 없는 것이다.

삐이익.

그때 뾰족한 하울링 소리가 들려왔다. 어느새 무대 정중앙에는 마이크를 든 젊고 샤프한 검은 양복의 미남, 바로 기획실장인 이서진 실장이 서 있었다. 음, 저 아저씨는 30대 중반이 넘었으면서도 참 늙지 않네.

연습생들의 시선이 모아지자 그는 사람 좋은 미소를 지으며 유쾌하게 말했다.

“그동안 연습들 잘하고 있었나?”

“네!”

“밥은 먹었고?”

“네!”

“씩씩하군. 좋아. 그럼 본론으로 들어가서, 우리가 이렇게 너희들을 집합시킨 이유는 알고 있겠지?”

“네!”

연습생들은 목이 터져라 대답하며 홀을 쩌렁쩌렁 울렸다. 잘하면 천장을 뚫어버릴 기세였다. 그는 만족스럽다는 듯 고개를 끄덕이며 말했다.

“오늘은 특별한 날이다. 특별히 데뷔를 앞둔 타 기획사의 시범 공연도 있거니와, 너희들의 노력을 아주 중요한 분들에게 보여줄 기회이기 때문이지. 자, 모두들 뒤를 돌아봐라!”

그 말에 연습생들이 의아함을 감추지 못한 채 고개를 돌렸다. 그러나 그곳에는 아무도 없었다. 이서진 실장은 혀를 차며 재차 말했다.

“거기서 살짝 고개를 들어 VIP실을 바라보도록 해라. 반가운 손님이 와 있다.”

그 말에 연습생들의 머리가 동시에 허공으로 들려졌다.

그리고 터져 나오는 경악.

“헉!”

“사, 사장님?”

“우왓! 잠깐, 잠깐! 사장님이 문제가 아냐! 옆에 아리나의 김혜정 씨와 프론티어의 한성진 씨 아냐?”

“어? 정말? 정말?”

“꿈이야, 생시야? 두 사람을 보게 되다니! 믿을 수가 없어!”

“우와아아앗!”

곧 거대한 함성이 울려 퍼졌다. 연습생들은 저마다 희열에 찬 대화를 나누며 가만히 있지를 못했고, 때문에 우리의, 정확히 말하자면 미란이의 부담은 점점 더 쌓여만 갔다.

이젠 창백해진 안색으로 덜덜 떠는 모습을 보며 난 말없이 고개를 저었다. 좀 진정시켜 줘야 할 것 같은데… 흠.

“미란아.”

난 미란이를 불렀다. 그러나 미란이는 듣지 못한 듯 아직도 삼촌, 이모를 보며 발광을 하고 있는 연습생들만을 굳은 듯 보고 있었다. 그리고 그것은 미란이를 다독여 줘야 할 수진이도 마찬가지였다. 이러니저러니 해도 결국 평범한 고교생인 것이다.

난 말없이 미란이를 뒤에서 꽉 안아주었다. 그러자 비로소 흠칫하며 이성을 되찾은 미란이가 당황스런 모습을 보였다. 난 껴안은 상태로 미란이의 머리를 쓰다듬으며 부드럽게 말했다.

"첫 시작이야. 두려워하지 마. 민아도… 쓸쓸하게 죽어간 네 언니도 걸었던 길이야. 그러니 이런 곳에서 무너지면 안 되잖아?"

"오, 오빠……."

우린 걸어가야 할 길이 너무도 멀다. 그리고 먼 정도가 아니라 험난하기까지 하다.

"넌 할 수 있어. 넌 내가 선택한 최고의 가수야. 상대가 누구건 기죽지 마. 결국 같은 사람이고, 넌 분명 잘할 수 있을 거야. 네가 지금껏 쌓아온 것을 믿어."

"……."

그 말에 비로소 미란이가 안정되는 듯 호흡을 가다듬는 게 들려왔다. 수진이 역시 미란이의 손을 꽉 잡은 채 말없이 바라보고 있었다. 난 포옹을 풀며 이번에는 수진이와 미란이를 내 품으로 끌어당겼다. 그리고 웃으며 말했다.

"잘해보자. 이것이 우리의 첫 무대이고 시작이니까. 모두를 놀라게 하는 거다. 프론티어든 S엔터테인먼트든 아무엇도 아니야. 우리가 최고다. 알았지?"

"응!"

"미란아, 힘내. 넌 할 수 있어! 겁먹지 말고 화끈하게 보여줘 봐!"

수진이 역시 미란이에게 용기를 북돋아주며 스스로도 결의를 다지는 모습을 보였다. 난 비로소 두 아이가 조금은 침착함을 되찾은 것 같아 기분이 좋아졌다.

"오빠, 나 잘해볼게."

"그래, 잘해봐."

난 등을 두드려 준 뒤 뒤로 물러섰다. 이제 내가 할 수 있는 일은 다 했다. 남은 일은 잘하기를 기도하며 지켜보는 것뿐. 그사이 이서진 실장의 훈시가 끝나고 비로소 미란이가 나갈 차례가 됐다.

"그럼 신미란 양의 무대를 보도록 하자. 박수!"

"와아아아!"

어느새 소개까지 다 마쳤는지 이서진 실장이 미란이를 소개했다. 그나마 아까보다는 상태가 많이 나아진 미란이는 당당해 보이려 그랬는지 어깨를 쭉 편 채 늘씬한 몸매를 자랑하듯 당당히 걸음을 옮겼다. 단순한 흰 티에 청바지를 입었지만 워낙 고교생치고는 몸매가 워낙 잘빠진 탓에 그것만으로도 맵시가 좋은 미란이었다.

"오오오!"

미란이가 나오자 연습생들, 특히 남자 연습생들이 탄성을 토해냈다. 곧 무대가 어두워졌고, 내가 미리 건네주었던 엠알이 흘러나오기 시작했다. 미란이는 받아 든 헤드 마이크를 정리하곤 인트로를 준비했다.

쿠웅!

터져 나오는 음악.

그리고 시작된 무대.

그렇게 미란이의 첫 무대가, 정확히 말하면 두 번째 무대가 본격적으로 시작했다.

미란이의 눈빛은 생생히 살아 있었다.

이전의 실수를, 치욕을 만회하겠다는 듯 미란이는 정말 작정한 듯 춤을 추며 노래를 불렀다. 난 그 모습을 보며 이번에는 반응이 남다르리라 확신했다. 그러나 그것이 착각으로 변모하기까지는 긴 시간이 걸리지 않았다.

"뭐야. 그냥저냥한 장르잖아?"

"얼굴도 괜찮고 몸매도 괜찮은데… 그것 말고는 뭐 평범한데? 저런 애들 많잖아?"

"난 또 사장님까지 나오시기에 얼마나 대단한 앨까 기

대했더니, 별로네.”

“왜? 그래도 저 허리 돌아가는 거 봐봐. 섹시하잖아?”

“섹시는 무슨, 저런 애들은 우리 기획사에도 많거든?”

무대 뒤편에까지 들려오는 대화들. 그것을 시작으로 조용하던 분위기는 점점 소란스러워지기 시작했다. 난 급히 삼촌들이 있는 곳을 바라봤다. 그곳은 더 심했다. 삼촌들과 이모들은 무언가를 마시며 하하호호 웃으며 자기들끼리 대화를 즐기고 있었다.

아예 이쪽에는 관심을 끊었다고 보는 게 옳을 것이다.

또 틀렸구나. 하아!

“상심하지 말아야 할 텐데…….”

난 심려하는 마음으로 미란이를 지켜봤다. 미란이는 정말 열심히, 조금도 실수를 하지 않고 공연을 보여주고 있었다. 그렇게 3분의 시간이 지나 드디어 노래는 마지막을 향해 달렸고, 곧 웅장한 소리와 함께 미란이의 공연이 끝을 맺었다.

짝짝짝.

초라한 반응.

몇몇 이만이 열심히 박수를 치는 모습이 각오는 했지만 내 가슴마저도 갈가리 찢어놓는 듯했다. 그러나 미란

이는 아무렇지도 않은 듯 푹 고개를 숙여 정중히 인사하
고는 조신하게 퇴장했다. 난 애써 밝게 웃으며 미란이를
맞아주었다.

"잘했어. 실수도 없었고 멋진 공연이었어. 정말 멋졌
다, 미란아."

"후아! 고마워, 오빠. 정말 떨렸는데… 그래도 잘된 것
같아 다행이네."

예상외였다.

미란이는 정말 기분 좋다는 듯 빙긋 웃고 있는 것이 아
닌가? 난 어떻게 된 건가 싶어 미란이의 기색을 살폈다.
하나 내 심정을 알았는지 미란이가 예쁘게 웃으며 말했
다.

"오빠, 나 정말 괜찮아. 오늘 기분이 너무 좋아. 사실
나 나갔을 때처럼 모두를 감복시키겠다… 뭐, 이런 거창
한 각오가 있던 거 아니었어. 내가 생각했던 게 뭔 줄 알
아?"

"뭔데?"

"바로……."

잠시 말을 지체하던 미란이는 고개를 돌려 객석을 바
라봤다. 그리고 손을 들어 두 사람을 가리켰다. 미란이
또래로 보이는 남자 아이들, 그들은 다른 아이들과 달리

열심히 무언가에 대해 토론하고 있었다. 미란이는 그들을 가리키며 말했다.

"노래가 뜨겁고 강렬하게 남자를 유혹하겠다는 내용이잖아. 그래서 적어도 두 사람 정도는 제대로 유혹해 보겠다 생각했던 거야. 내가 타깃으로 잡았던 게 저 둘인데… 성공인 것 같지?"

순간 두 연습생의 시선이 우리 쪽을 향했다. 미란이는 웃으며 손을 흔들어주었고, 그 연습생들 또한 멍청하게 헤벌쭉거리며 손을 흔들었다. 다음 미란이는 어깨로 내 가슴을 툭, 치며 물었다.

"어때?"

"……!"

난 진심으로 충격을 받았다.

확실히 저 두 남자 연습생, 뭔가 미련이 크게 남은 듯 계속해서 우리가 있는 무대 옆 편에서 시선을 떼지 못하고 있었다. 누가 봐도 확실한 모습. 미란이는 3분이라는 짧은 공연 동안 두 아이를 노래 제목처럼 확실히 포로로 만들어 버린 것이다.

설마 미란이의 재능은…….

"나쁘지 않았지?"

"…응, 그래."

진심이었다. 나쁘지 않은 정도가 아니었다.

사실 내가 예상한 것 중 한두 가지만 건져 가면 성공이겠다 싶었는데 의외의 장소에서 너무도 큰 것을 발견하게 되었다.

다름 아닌 미란이의 재능.

아니, 아직 확신할 수는 없어. 조금 더 실험을 해봐야…….

난 그렇게 생각하며 다음 스케줄을 자동적으로 떠올렸다.

곧 연습생들의 평가가 시작되었고, 우리는 그것을 마지막까지 관람한 후 조용히 홀을 벗어났다.

"저, 저기……."

"응?"

우리가 나가자 기다렸다는 듯 익숙한 얼굴의 연습생들이 나타났다. 그들이었다. 미란이에게 홀라당 넘어간 두 타깃.

"무슨 일이죠?"

"아, 아뇨. 정말 고생하셨다고요. 정말 두근거리는 무대였어요. 혹시 학교 어디에 다니세요?"

"그건… 왜요?"

“같은 또래로 보이는데… 어쩌면 같은 학교 학생일 수
도 있잖아요.”

“아, 호홋.”

그 말에 미란이는 기분 좋게 웃었다.

나와 수진이는 만족스러운 표정을 지었고, 미란이는
눈빛을 반짝이는 두 연습생의 물음에 대답해 주었다.

“영광 고등학교에 다녀요. 1학년에 재학 중이죠.”

“아, 영광.”

“그랬구나.”

그리 중요한 말은 아니었음에도 두 연습생은 무언가를
삼키듯 중얼거리며 고개를 끄덕였다. 미란이는 정말 고
맙다는 듯 그들의 손을 잡은 채 말했다.

“오늘 첫 무대라서 엄청 긴장했는데… 두 분이 집중해
주서서 저도 잘할 수 있었던 것 같아요. 데뷔는 언제 하
세요? 아, 아직 정해진 게 없나요?”

“네. 들어온 지 얼마 안 돼서…….”

“친구도 우리 말고는 아무도 없어요. 그냥 세월아 네월
아 하고 계속 연습만 하고 있었는데 오늘 정말 좋은 공연
봤네요. 곧 데뷔하시나 봐요?”

“네. 어떤 식이 될지는 모르겠지만…….”

“그렇군요. 그럼 나중에 저희 봐도 모른 척하시면 안

돼요?"

"꼭 아는 척해주세요!"

"호호! 아직 이름도 모르는데요?"

"아차, 제 이름은 김정식이고 이 친구 이름은……."

"야야! 내가 소개할 거야. 제 이름은 강정훈이고 고 2에
요. 이 친구도 고 2죠. 또 언제 보게 될지는 모르겠지만
잘 부탁할게요."

"네. 오늘 정말 고마웠어요."

"아니에요."

"꼭 스타 되세요! 저희는 이만 가볼게요!"

두 사람은 열심히 손을 흔들어대며 출입구로 달려갔
다. 쯧쯧, 저러다 부딪치면 어쩌려고. 곧 그들의 모습이
사라지자 미란이가 웃으며 말했다.

"갈까?"

우리는 바로 VIP실로 향했다. 그곳에는 삼촌들과 이모,
그리고 임원들이 웃으며 대화를 나누고 있었다. 몹시 화
기애애한 분위기였지만 웬일인지 난 그것이 꽤나 불편하
게 느껴졌다.

"이쪽에 앉아라."

삼촌은 의자들을 가리켰고, 우리 셋은 그곳에 얌전히

앉으며 들려올 말을 기다렸다. 곧 임원들은 헛기침을 내
뱉으며 밖으로 나갔고, 실내에는 성진이 삼촌과 수겸이
삼촌, 그리고 혜정이 이모만이 남게 되었다.

먼저 수겸이 삼촌이 입을 열었다.

"공연 잘 봤다."

첫마디.

그 말에 가슴이 철렁했다.

그리고 다시 입을 닫은 삼촌.

분위기가 점점 무거워진다.

좋았던 분위기가 점점 가라앉는다.

"내가 무슨 말을 어떤 식으로 해주기를 원하니?"

냉정한 어조.

난 수겸이 삼촌이 내게 이런 식으로 말하는 건 처음 겪
어본다. 그만큼 지금 눈앞에 있는 삼촌의 모습은 평소 자
상하고 유머가 넘치는 그런 모습이 아니었다.

아시아를 넘어 세계 최강의 보이 밴드인 프론티어를
키워낸 마이더스의 손.

세계 최고의 프로듀서 김수겸.

내 앞에 있는 이는 바로 그 위대한 음악인이자 기업가
였다.

아무 말 못하고 고개를 숙이고 있는 내게 삼촌이 또다

시 말했다.

　"솔직히 말해 난 네가 왜 여기까지 저 아이들을 데리고 왔는지 모르겠다. 겨우 저런 무대를 보여주려고 바쁜 우리들을 불렀던 것이냐? 넌 지금 네 행동이 얼마나 경솔한 행동이었는지 알아? 난 너의 삼촌이기 이전에 할 일이 많은 기획사 대표다. 그리고 프로듀서다. 시간이 곧 금이고, 그것을 얼마나 잘 활용하느냐에 따라 회사의 위치가 변한다. 난 지금 그 귀중한 시간을 떼어 자그마한 일개 기획사의 데뷔도 못한 연습생의 무대를 만들어주었다. 그런데 넌 날 실망시켰다."

　"……!"

　삼촌의 말은 너무도 지독한 독설이었다.

　난 그제야 내가 한 행동이 얼마나 철없는 부탁이었는지를 깨닫곤 입술을 잘근 깨물었다.

　하지만 이 모든 것도 날 위함이니 난 받아들여야 했다.

　"원래대로라면 너희에게 바로 괜찮은 스케줄을 하나 줘야 하겠지만… 실망스런 무대를 본 이상 함부로 방송에 세울 수 없다는 걸 알았다. 그래, 솔직히 말하면 평이했다. 아주 평이하다 못해 내가 왜 저런 걸 보고 있어야 하나 고민되더구나."

　"아……."

“······.”

그 말이 무척 충격적이었던 듯 수진이와 미란이는 푹 고개를 숙였다.

“뭐, 단순히 연예인이 될 거라면… 좀 노력하면 어떻게든 되겠다 싶더구나. 하지만 진짜 가수가 되고 음악만을 할 거라면 좀 더 피나는 노력이 필요하겠다 싶었다. 그건 그렇고, 유빈이 너, 아직도 작사 작곡을 할 줄 모르는 거냐?”

“열심히 공부하긴 했는데… 그것도 요새는 스케줄 잡는다고 돌아다니느라 미처… 하하.”

“너도 확실히 정해야 한다. 분명한 건 매니저를 하면서 다른 것도 해볼 생각은 꿈에도 말라는 거다. 매니저는 매니저 일을 제대로 해내는 것만도 버거운 직업이니까.”

“…네.”

“쯧, 차라리 경험을 쌓으려면 나한테 부탁을 하든가. 그것도 아니라면 다른 삼촌들이나 이모들도 많은데 왜 그런지 모르겠구나.”

“하하, 아시면서 그러세요.”

“아니까 답답해서 그러는 거 아니냐? 너도 그렇고, 네 아비도 그렇고… 어쩌면 그리 성격이 똑같은지. 나중에는 도와달라고 애원해도 도와주지 않을 테니 그리 알아라.”

"당연한 걸 묻고 그러세요."

분명 내가 지닌 배경의 힘이라면 난 누구든 쉽게 스타로 만들 수 있다.

그러나 그래서야 나도 그렇고 미란이도 그렇고, 진짜 내 힘으로 꿈을 이루었다고 할 수 없을 것이다. 물론 이 이야기를 미란이나 수진이를 비롯, 다른 이들이 알게 된다면 땅을 치며 안타까워하거나 나에게 화를 낼지도 모른다.

하지만 그것들은 어머니와 아버지, 그리고 삼촌들이 이루어낸 그분들의 결과물인 것이지 나의 것이 아니다.

분명 나 역시 흔히 말하는 재벌 2세라 볼 수 있었지만 난 그런 말 자체를 싫어한다. 난 나의 힘으로 내 길을 걸을 것이고 꿈을 이룰 것이다. 물론 그렇다고 아예 지인들의 도움을 외면한다거나 하겠다는 것이 아니다. 과한 것이 아니면 난 언제라도 도움을 받을 생각이다.

"우선 숙제를 내주마."

"숙제요?"

"그래. 이 숙제를 제대로 못하면 너희들에게 방송 스케줄은 없다고 생각해라."

"치사하게 왜 그러세요?"

"혼자 힘으로 하겠다는 당찬 분이 어디의 누구시더라?"

"네, 하명하시지요."

"그래. 그 자세가 중요해. 흠, 그럼 들어봐라. 아주 간단해. 인터넷 UCC에 어떤 식으로든 화제를 만들어봐. 뭐, 개그 동영상을 찍든 야동을 찍든 그건 알아서 하도록 해라. 이상."

"……."

난 어이가 없어 할 말을 잃어버렸다.

뭐? UCC 동영상에서 화재를 만들어보라고?

"그 정도도 못하면 연예인 때려치워야지. 기한은 딱 한 달을 주마. 그 안에 어떻게든 화제를 만들어 와봐. 결과에 따라서 케이블 방송 3분짜리 무대 하나를 주든지, 정말 잘하면 공중파 골든 프로그램의 예능 프로 하나에 길을 열어주든지 할 테니, 그리 알아라. 이상. 가봐."

삼촌은 거기까지 말한 후 자리를 박차고 일어났다. 이모와 성진이 삼촌은 내게 힘내라는 듯 격려의 미소를 지으며 한 번씩 머리를 쓰다듬고 지나갔다.

"하아, 어쩌냐?"

삼촌이 저렇게까지 말한 이상 허튼수작은 통하지 않는다. 대충대충 하다가는 오히려 삼촌에게 욕만 죽어라 먹을지도 모른다. 진지하게 해야 한다. 사실 케이블 방송 3분짜리 무대라도 잘만 하면 대박이다. 한데 정말 성과가 있으면 골든 프로그램의, 그것도 인기 예능 프로그램 하나에 길을 열어주겠다니… 모든 방송 중 가장 출연하기 어려운 게 바로 예능 프로그램이다. 그중에서도 골든 타임에 방송하는 것이라면 두말할 필요도 없다.

"가자. 이러고 있을 시간이 없어."

난 아이들을 채근하며 자리에서 일어섰다.

해야 할 일이 무더기로 머릿속에서 떠올랐다.

Lesson 4 기회는 한 번 이상

오지 않는 법이다

난 침대에 누워 멍하니 허공을 응시했다.

내가 해야 할 것.

물론 공연이다. 가수이니 공연으로써 인정을 받아야
한다.

하지만 그 공연이 문제다. 무조건 길거리에서 춤추고
노래를 부르며 판을 벌린다고 인터넷의 스타가 될 수 없
다. 물론 길거리 공연을 해야 하지만 그렇다고 대책없이
식상한 레퍼토리를 들고 나갔다가는 오히려 이미지가 싸
구려로 전락할 가능성이 컸다. 이러니저러니 해도 연예

인은 이미지로 먹고사는 직업.

절대 이미지에 해가 되는 일을 해서는 안 된다.

하아! 이건 확실히 미란이보다는 나에 대한 테스트라고 봐야겠구나.

"그나저나 며칠째 연락이 없네. 미란이는 괜찮나?"

미란이는 그 일 이후 큰 충격을 받은 듯했다.

회사를 나오자마자 혼자 바람 좀 쐬고 싶다면 나간 이후 벌써 며칠째 연락 두절 상태였다.

"그러고 보니 학교도 가야 하는데… 아, 이거 미치겠네."

그 폭력 사건 이후, 난 학교와는 거의 연을 끊다시피 했다.

그러고 보니 그 빌어먹을 자식 얼굴이 떠오른다. 날 감방에 처넣고는 히죽거리던 그 오영환이라는 자식. 언젠가 학교까지 찾아가 보복하겠다고 했던 것 같은데, 후아, 완전히 꽝이구나.

"그러고 보니… 민아 죽은 지도 몇 달이 지났구나."

그동안 참 바쁘게 지냈다.

몇 년은 흐른 것 같은데 아직 반년도 지나지 않았다.

내가 연예계로 들어온 계기는 민아, 그리고 미란이었다.

반드시 복수해 주겠다고, 무엇이든지 할 수 있을 것처럼 말했던 때가 바로 얼마 전이었는데 지금 나는 민아의 죽음에 대해 과연 어떻게 생각하고 있는 것일까?

"얼굴 잊어버리겠네. 이 기회에 납골당에나 가볼까?"

생각이 미치자 난 즉시 자리에서 일어났다.

그 후로 납골당에 가본 일이 없었다.

바쁘다느니 하며 핑계를 댔지만 결과적으로 난 해이해져 있었던 것이다.

유품인 일기는 나에게 있지만 정작 중요한 미란이는 멀리하고 지냈다. 나도 모르는 사이에.

"가자."

그렇게 결심한 난 즉시 자리에서 일어섰다.

일기와 꽃 한 송이를 챙긴 난 택시를 타고 납골당으로 향했다.

피 묻은 일기, 이 속에는 내 이전 여자 친구이기에 앞서 스타를 꿈꿨던 평범한 여고생이 어떻게 생을 마감했는지가 적혀 있다. 이 일기에서 민아는 날 몹시도 그리워했고 마지막까지 사랑한다고, 보고 싶다고 말하며 애처롭게 울부짖고 있었다.

"도착했습니다."

"아, 감사합니다."

난 돈을 꺼내 택시 기사 아저씨에게 건네준 다음 일기와 꽃을 품에 꼭 안고 내렸다. 고개를 올려 하늘을 바라봤다. 내 마음과는 대조되는 청명한 하늘이 눈에 띤다. 사람이 죽으면 하늘나라에 간다는데, 민아는 나와 미란이를 보며 무슨 생각을 하고 있을까?

난 하늘나라가 있기를 소망한다.

물론 지금 죽을 생각은 없지만 나중에 하늘나라에 가 민아를 만나게 된다면 난 꼭 물어보고 싶다. '우리 어땠어?' 라고.

"후우! 가자."

별 긴장할 일이 아닌데 이상하게 간만에 민아 앞에 선다고 하니 꽤 두근거렸다. 건물 안으로 들어간 나는 기억하는 번호를 찾았고, 곧 모퉁이를 돌려 했을 때,

"언니……."

난 의외의 인물, 미란이를 만나게 되었다.

연락도 두절한 채 어디 갔나 했더니, 이런 곳에 있었던 건가?

"나… 잘하고 있는 걸까?"

온 지 얼마 안 된 듯 미란이는 막 민아에게 속앓이를 털어놓고 있었다. 왠지 지금 나서면 안 될 것 같아 난 모퉁

이에 몸을 숨긴 채 미란이의 말을 몰래 경청했다.

"자신이 없어졌어. 솔직히 나 정도면 문제없다고 생각하고 있었는데… 나, 바보였나 봐. 이젠 너무 무서워. 난 정말 아무것도 아닌 것 같아. 고민고민했는데… 결국 이렇게 언니 앞에 오게 됐네."

보지 않아도 어떤 표정을 짓고 있을지 눈에 훤히 보였다.

"언니한테 정말 미안해. 이렇게 힘들고 괴로울 줄… 그렇게 무거운 짐을 지고 있는 줄 상상도 못했어. 스타니까… 돈 많이 버니까 이것저것 사달라고만 했는데… 나 정말 바보였어."

흐느끼는 목소리.

애써 울음을 참으려는 듯했지만 그 때문에 독백이 더욱 힘겹게 들렸다.

"언니한테 정말 미안해. 정말… 나도 어떻게 해야 할지 모르겠어."

아직도 결정을 못 내린 건가?

그렇게 담담한 듯하더니 역시 상처와 충격이 컸었나 보다.

후우, 극약 처방이라고 생각하긴 했지만 역시 못할 짓이었다.

난 미란이의 말을 그렇게 생각하며 씁쓸해하고 있었는데 다음 들려온 말은 상상을 초월하는 것이었다.

"나… 유빈이 오빠 좋아하게 되어버렸어."

"……!"

고백.

비록 본인이 아닌 이미 죽은 언니에게 하는 고백이었지만 그 목소리는 죄책감으로 가득했다. 그러면서도 억제할 수 없다는 듯 미란이는 스스로에 대해 변명하기 시작했다.

"사실 어려서부터 마음은 있었는데… 나 정말 나쁜 애일지도 몰라. 언니가 이렇게 되자마자 그 마음이 걷잡을 수 없이 커지고 있으니… 나 이러면 안 되는 거지? 하지만 어떻게 해? 가면 갈수록 오빠를 똑바로 쳐다볼 수가 없는데……."

잘만 쳐다보더니?

난 이제까지 미란이가 내게 했던 행동들을 떠올리며 웃었지만 가만히 생각해 보니 최근들어 예전처럼 내게 갑작스런 장난을 거는 일이 드물어지긴 했다. 설마 그것 때문이었나? 큰 당황 탓에 멍해 있는 내게 미란의 고백이 계속해서 들려왔다.

"수진이도 오빠를 좋아한대. 내색은 안 했는데 도와달

라고 해서 일단 그러겠다고는 했어. 결국 친구도 속였어. 수진이도, 오빠도, 언니도 정말 볼 면목이 없어. 나도 내 마음을 어찌해야 할지 모르겠어. 언니, 차라리 죽지를 말지. 그랬다면 나도 이렇게 힘들어하지 않아도 됐잖아.”

자리가 자리인 만큼 애써 자제하는 기색이 역력해 보였다. 만약 텅 빈 공간이었다면 아마 미란이는 크게 울며 소리를 질렀을지도 몰랐다. 그 정도의 절절함이 내게는 확실히 전해져 오고 있었다.

“솔직히 가수를 하기로 한 게 살짝 후회가 되기도 하고 오빠는 점점 좋아지고… 수진이에게는 거짓말을 해버렸고… 사실 내 의향을 묻기에 아무렇지도 않게 생각한다고 말했거든. 안심하는 눈치던데… 나 정말 나쁜 아이지? 난……."

미란이는 턱 숨을 내뱉으며 힘겹게 말했다.

“정말 어떻게 해야 할까?”

그건 내가 묻고 싶은 말이다.

난 정말 어떻게 해야 할까?

솔직한 마음으로 수진이도, 미란이도 귀엽고 매력이 넘치는 아이들이었기에 같이 지내며 성적인 충동을 느껴 본 적이 한두 번이 아니었다. 하지만 이래서는 안 된다고 생각했고, 이런 생각을 하는 것 자체가 실례가 된다고 생각했기에 사적인 감정은 되도록 배제하려 애써왔다.

한데 갑작스런 상황에 예상치 못한, 조금은 충격적인 고백을 듣게 되었다.

분명히 말해 난 행복한 녀석이다.

하지만 망설여지는 건 어쩔 수 없었다.

"걱정 마. 아직은 아니야. 꼭 이루고 싶어졌어. 이 길, 뭐가 됐든 끝을 보고 싶어졌어. 어느 정도 이뤘다 생각하면… 그리고 그때까지도 내 마음이 변함이 없다면 그때는 오빠에게 고백할 거야. 아니, 고백 따위가 뭐야? 나답게 바로 덮쳐 버릴 거야. 그러니까……."

미란이는 애써 유쾌한 듯한 목소리로 중얼거렸다.

"웬만하면 질투하지 말고 나를 잘 지켜봐 줘. 반드시 언니의 복수, 못다 이룬 꿈, 나와 오빠가 해내 보일 테니까. 다음에 올 때는 웃으면서 좋은 소식 들고 올게."

미란이는 그렇게 마지막 인사를 한 뒤 자리를 떠났다. 난 한참이 지나서야 모습을 드러내고 미란이가 있던 자리로 가서 섰다.

뭐라 말해야 할까?

고민하던 난 문득 이런 영화나 드라마 같은 상황은 나와는 어울리지 않는다는 생각이 들었다. 말이 필요없다.

남자는 행동으로 증명해 보이는 법.

"걱정 마. 저런 철부지 꼬맹이는 내 취향 아니니까. 그렇다고 너밖에 없다는 건 아냐. 좋은 여자 생기면 바로 대시할 거야. 나 어떤 놈인지 알지?"

긴말은 필요없다.

하고 싶은 말만, 용건은 간단하게.

"재미있을 거야. 기대해도 좋아."

앞으로 어떤 일이 내 앞에서 기다리고 있을지는 모르겠지만 이것 하나는 장담할 수 있다. 뭐가 됐든 간에 난 넘어설 거라는 것. 그래서 오만하고 건방진 기득권들에 당당히 도전장을 내밀 것이다. 그리고 그들을 밟고 일어서서 최고가 될 것이다.

한국 문화, 연예계를 잠식하려는 다국적 기업 앤드리스.

그리고 날이 갈수록 더욱 곪다 못해 고름이 터지려 하는 연예계의 더러운 병폐들.

적어도 내가 있는 곳에서는 절대 그런 일이 없도록 내 모든 힘을 다할 것이다.

그래서 민아와 같은 아이들이 아픔과 상처를 입지 않을 수 있는 환경을 만들 것이다.

그것이 나의 목표.

그러기 위해서라면 내 정의를 벗어나지 않는 한도 내

에서 난 무슨 일이든 할 것이다.

"그럼 다음에 보자고."

그 말을 마지막으로 나 역시 납골당을 벗어났다.

밖으로 나와 마주한 하늘은 너무도 청명했다.

"어이, 거기."

당장 가까운 강남 인근의 공원들을 돌아다니며 사전 조사를 하고 다니는데 대략 고딩으로 보이는 양아치들이 날 부른다. 음, 숫자는 남녀 합쳐서 대략 일곱 명 정도. 술집 앞에 폼 잡고 모여 있는 꼴을 보면 '나 무서운 놈이니 알아서들 피해 가시오' 하고 겁을 주는 것 같다.

아, 정말 뭔 일이야? 그렇잖아도 정신 사나운 판국에.

"왜 불러?"

난 짜증을 애써 억눌러 친절히 대답했다. 그러자 그 녀석들이 눈을 크게 뜨며 서로를 바라보았다. 그리고,

"푸하하핫!"

"야, 좀 센데?"

"이번에 잘못 걸린 거 아냐?"

"오빠, 좀 한가락 할 것 같은데? 삥 뜯으려다가 두들겨 맞는 거 아냐?"

"어허, 보고 있어. 내가 누군데… 칵!"

그중 흰 모자를 삐뚤게 쓰고 금색 체인 목걸이를 한, 음, 나름 힙합 스타일을 갖춰 입은 남자가 일어서더니 어슬렁어슬렁 내게 다가왔다. 그리고 내 어깨를 감싸 쥐며 속삭였다.

"웃어."

퍽!

그 말에 나도 모르게 얼굴에 주먹이 나갔다. 쌍팔년도에서나 볼 수 있었던 촌스런 오프닝 멘트를 듣자니 나도 모르게 민망함의 전율이 흘렀던 것이다. 음, 안 되지. 참아야 해. 이제 엔간한 일로는 울컥하지 않기로 했잖아? 주먹아, 참으렴.

"어이쿠, 미안. 괜찮냐?"

난 진심을 담아 그렇게 말했다. 녀석은 코를 부여잡은 채 줄줄 흐르는 코피를 애써 틀어막고 있었다. 거, 반응 한번 빠르구먼? 그나저나 그거 맞았다고 코피를 흘려? 아, 정말 요즘 양아치들, 너무 약하다니까.

"너, 너, 이 새끼!"

"혀, 형진아! 괜찮아?"

"오, 오빠, 자, 잠깐만! 내가 휴지 가지고 있어!"

그러자 난리난 건 여유있게 지켜보던 일행이었다. 그들은 호들갑을 떨며 다가왔고, 여자들은 휴지를 잔뜩 뽑아 그의 코를 틀어막았다. 왠지 한심스럽게 보이는 그 모습에 한숨이 절로 나왔다.

"그래서 뭐야? 삥 뜯자는 거야? 돈 얼마 있냐고 물어보려고?"

"이 새끼가……!"

개중 한 성깔 하는 듯해 보이는 녀석들이 발끈하며 내게 다가오려 했다. 난 어깨를 으쓱하며 말했다.

"그런데 이런 시내 한복판에서 이래도 될까?"

"신경 꺼, 이 새꺄. 너, 이리와."

그러고 내 멱살을 거칠게 움켜잡는 무리. 지나가던 행인들은 흘끔거리기만 할 뿐, 자신들도 말려들까 두려웠는지 바삐 걸음을 옮긴다. 내 시선을 느낀 듯 그들 역시 씨익 웃으며 말했다.

"봤지? 네가 어떤 꼴 당해도 아무도 신경 안 쓸 테니까 따라 들어와."

그러면서 녀석들은 나를 술집 옆의 작은 골목으로 끌고 가려 했다.

하아! 어떻게 해야 하나. 이것들을 콱 쓸어버려?

"잠깐."

"닥치고 따라와."

"아, 글쎄, 좀 기다려 보라니까."

"닥치고 따라오라고!"

"아, 글쎄, 좀 기다려……."

퍽!

난 잠시 말을 끊고는 그대로 다리를 올려 내 멱살을 잡은 채 걸어가는 녀석의 가랑이 사이를 걷어찼다. 그러자 녀석이 부르르 떨며 소리도 지르지 못한 채 주저앉아 버렸고, 그것을 목격한 여자들만이 꺅! 비명을 지른 채 어쩔 줄 몰라 했다.

난 헝클어진 와이셔츠를 가다듬으며 못다 한 말을 이었다.

"보라니까 말 더럽게 안 듣네. 거, 자식 참……."

"재, 재섭아!"

"어욱… 잔인하다."

"괘, 괜찮아?"

엉덩이 또는 등을 토닥여 주며 위로하는 이들.

쫘악!

난 그중 한 녀석의 멱살을 잡고 힘껏 따귀를 후려쳤다.

흠, 이 은은한 손맛. 죽이는데?

"야, 마침 잘됐다. 너희들, 따라 들어와 봐라. 뭣 좀 묻자."

"아아아! 놔! 놔!"

난 내가 후려친 녀석의 귀를 잡아끌며 골목 안으로 들어갔다. 곧 멍한 표정으로 다른 일행 또한 따라 들어왔고, 난 팔목을 걷고 때마침 주위에 있던 낡은 각목 하나를 주워 든 뒤 바닥을 통통 치며 말했다.

"우선 맞고 시작할까?"

"으 으 으……."

"흑흑."

한바탕 푸닥거리가 끝난 후 작은 골목에는 신음 소리만이 가득했다. 여자들도 흑흑대며 얼얼한 뺨과 엉덩이를 쓰다듬으며 엉거주춤 서 있었다.

"여기 무릎 꿇고 앉아봐."

"……."

그러자 눈치를 보는 그들.

"저것들이 아직도 상황 판단을 못하네? 더 맞아야 정신을 차리려나? 한바탕 또 해봐?"

난 자리에서 부러진 각목을 부여잡고 자리에서 일어섰다. 그러자 양아치 연놈들이 경기를 일으키더니 재빨리 내 앞에 무릎을 꿇고 앉았다. 난 웃으며 다시 자리에 앉았고, 준비했던 물음들을 던지기 시작했다.

"너희들, 이곳에서만 죽치는 패거리냐?"

"아니요. 여기저기 돌아다니면서 수금을⋯⋯."

"수금? 아, 삥? 잠깐만, 너희 혹시 폭력조직에 속해 있는 놈들이냐?"

"⋯⋯!"

내 말에 녀석들이 놀란 표정을 지었다. 난 고개를 저으며 말했다.

"어디 소속이냐? 잠깐. 요즘 강남 쪽을 주름잡는 것들이 오비파 놈들이라고 했으니, 너희, 오비파 하부 조직 소속이냐?"

"⋯⋯!"

그러자 여기저기서 숨을 들이키는 소리가 들려왔다.

맞군. 오비파라⋯⋯. 미치겠구먼. 그놈들이 정말 미쳐가는구나. 명색이 앤드리스를 뒷배경으로 뒀다는 놈들이 이런 시시콜콜한 방법으로 자금을 모으고 있어? 뭐 하는 놈들이야, 대체?

"뭐, 그건 됐고, 혹시 서울 시내에서 사람이 제일 많이 모이는 곳이 어디인 줄 아냐? 정기적으로 제일 많이 모이는 곳."

"네? 그, 그건 왜요?"

"⋯맞아야 순순히 대답할래?"

"아, 아니요! 그, 그건 그러니까⋯⋯."

　곰곰이 생각하는 듯하던 이들은 무언가를 속닥거리며 의견 교환을 하기 시작했다. 그리고 잠시 후,

"압구정동이요!"

"압구정 로데오 거리가 사람이 제일 많아요!"

"압구정 로데오라… 그럼 혹시 거기서 길거리 공연 하고 막 그러는 애들도 있냐?"

"네. 문화의 거리라고 해서 춤추고 노래 연습하는 애들이 많이 모이는 곳이 있어요. 레테의 숲이라고 아세요?"

"레테의 숲? 게임 던전이냐? 뭐야, 그 이름은?"

"아, 아는 사람끼리만 칭하는 단어인데요, 그중에서도 우리 같은 놈들이 가장 많이 모이는 공원이 있어요. 그곳에서 술하고 담배 피고… 마약 파는 놈들도 있는데, 그건 뭐……."

그러면서 나를 보며 슬쩍 웃는 놈들.

난 그 말에 또 떠오르는 것이 있어 물었다.

"거기도 혹시 오비파가 관할하는 곳이냐?"

"아, 아뇨. 다른 조직이 관할하고 있어요. 그곳에서 공연하는 놈들은 모두 그 조직에게 허락을 맡고 일정 이상 상납을 해야 돼요."

"허, 길거리 공연인데 조직에 상납을 해야 한다고? 그

조직 이름이 뭔데?"

"슬러그요. 마약도 그놈들이 파는데… 소문으로는 그 자식들 자금줄이 일본의 어느 기업이라는 이야기가 있어요. 연예인 데뷔 준비하는 놈들도 종종 모이는 곳이에요."

녀석은 정말 내가 물어보지 않은 정보까지도 술술 불어주었다.

흠, 그나저나 저런 곳이 있다니, 이거 놀라운 소식이다.

오비파 말고 또 일본 자금줄을 가지고 있는 조직이 있다고? 거기다가 마약까지 손을 대? 흠, 이거 좀 심각한데?

"그럼 거기만큼 규모있는 데 또 있냐?"

"아뇨. 나머지는 다 고만고만한 곳들이라서… 그곳이 애들이 제일 많이 모여요. 저 근데, 공연… 같은 거 하시려고요? 노래나 춤, 그런 거?"

"왜, 문제있냐?"

"아, 아뇨! 저희도 나름 언더에서 이름있는 녀석들이거든요. 힙합 그룹인데 그냥 혹시나 싶어서요."

"언더? 너희 오비파 하부 조직 놈들이라매?"

"자금줄이라서… 사실 오늘은 그냥 술 마시고 그러다가 놀 돈이 없는데 마침 보이시기에… 하하하!"

그렇게 말하며 웃는 녀석들.

빠악!

"웃지 마, 자식아."

난 녀석의 머리를 걷어차며 눈을 부라렸다. 그러자 슬슬 풀어지려던 분위기가 다시 한 번 얼어붙었다. 난 팍 숨을 내뱉으며 말했다.

"그래서 조직 내에 너희 같은 놈들이 꽤 되는 거냐? 가수로 돌리면서 수금시키고?"

"아뇨. 저희같이 둘 다 하는 놈들은 없고 가수를 하는 놈 따로, 수금하는 놈 따로, 그리고 전투만 하는 놈 따로 이렇게 있어요. 사실 수금도 저희가 자처했어요. 언더 뛰어서 버는 돈은 대부분 조직에서 가져가 버려서 수금 일이라도 하면 돈을 조금 땡깔 수 있거든요."

"참 불쌍하게 사는구나. 그러게 왜 그런 데 들어가서 사서 고생하냐?"

"어쩔 수 없어요. 저희처럼 기반이 없는 놈들은 이렇게라도 해야 음악을 하면서 먹고살 수 있거든요."

"다른 일 하면 되잖아."

"귀찮아요. 그리고 꼭 음악으로 성공하고 싶어요. 뭐, 저희 말고도 이러는 녀석들 많아요. 조직에서도 요즘 이런 녀석들 모으는 데 신경을 쓰고 있는 판이라…… 특히 일부 라이브 하우스나 클럽은 그들 눈에 벗어나면 출연조차도 할 수 없거든요."

"흐음, 그렇군. 압구정 로데오 거리에 있는 레테의 숲
이라… 거기 위치나 좀 알려주라."

"아, 그러니까… 그게……."

난 녀석들에게서 최대한 정보를 긁어모은 뒤 마지막으
로 매타작을 한 번씩 더 해준 후 자리를 떠났다.

레테의 숲, 그리고 신흥 조직 슬러그라… 말나온 김에
바로 한번 찾아가 볼까?

난 어디를 가든 기죽지 않는다.

그건 내 성격 탓도 있지만 자라온 환경 탓이 더 컸다.

세계 3대조직 중 하나인 적호문.

그곳에서 자라나며 난 숱한 주먹들과 함께 먹고 마시
고 또 즐겼다. 때로는 같이 움직였고, 또 그 세계를 알아
가며 나도 모르는 새 점점 주먹 쓰는 실력을 키우게 되었
다.

실력이 있어야 자신감도 낼 수 있는 법이다.

난 꾼들이 연합해서 덤비는 게 아니라면 누구에게도
지지 않을 자신이 있고, 설령 지더라도 호락호락하게 상
대가 이기게 하지 않을 자신 역시 있다.

부르릉!

내가 서 있는 이곳.

지금 눈앞에 두고 있는 이곳.

말 그대로 어마어마하게 많은 사람들이 있었다. 폭주
족들로 보이는 이들은 열심히 공원 주변을 돌고 있었고,
야하게 옷을 입은 예쁘장한 여자아이들이 척 봐도 험하
게 생긴 남자 무리에 붙어 너무도 즐거워하고 있었다.

사람들이 제일 많은 곳이라더니, 정정하자.

이곳은 조폭 축에도 못 끼는 양아치, 3류 건달 등 인생
쓰레기화를 향해 열심히 달려가고 있는 놈들만 가득 모
인 곳이었다. 정상적으로 보이는 사람들은 그다지 눈에
띄지 않았다. 서울에 이런 곳이 있었다는 게 그냥 놀라운
뿐이다.

"어? 뭐야?"

"못 보던 얼굴인데… 딴 데서 놀던 놈인가?"

"어려 보이지 않아? 그냥 고딩으로 보이는데?"

"그런가? 뭐, 그건 그렇고, 이제 슬슬 노래방이나 같
이……."

내가 공원 안으로 진입하자 여기저기서 날 향한 시선
이 느껴진다. 수군거림. 곧 날 무시하며 저희들끼리 또
수다를 떨기 시작했지만 어떤 이들은 계속해서 나의 행
동거지를 지켜본다. 뭔 분위기들이 이렇게 살벌한지. 캬,

참 마음에 드는 곳이야. 음, 아주 좋아.

쿵! 쿵! 쿵!

그때 들려온 강한 비트의 음악 소리. 그리고 수많은 이들의 함성 소리.

음악 소리는 다양한 음악이 엇갈려 들려온다.

왠지 두근거리는 느낌에 난 한걸음에 소리의 근원지로 달려갔다. 곧 부분 부분 따로 뭉쳐 있는 수많은 무리를 볼 수 있었다. 넓은 공원, 그리고 그 속을 비추는 정렬된 가로등 아래에 피 끓는 젊음이 느껴진다.

"와, 정말 멋진 곳인데? 아주 마음에 들어!"

난 계속 공원 구석구석을 다니며 지리를 조사했다. 공원은 꽤 넓은 곳이었고 시설도 참 좋았다. 문제라면 역시 일반인들보다는 양아치로 보이는 이들의 비율이 더 많다는 건데, 경찰은 뭐 하나, 대체? 이런 딱 봐도 범죄 천국일 것 같은 곳은 내버려 두고. 관할 서장, 혹시 슬러그 놈들에게 돈 먹은 거 아냐?

한참 구경하던 나는 으슥한 산책로까지 들어가게 되었고, 그러자 당연하게도 내가 기다리던 소리가 들려왔다.

"야."

"……"

난 일부러 주위를 두리번거리지 않고 못 들은 척 계속

길을 걸었다. 그러자 또 한 번 날 부르는 소리가 들려온
다.

"야, 거기 앞에 가는 어린놈."

"……."

어린놈? 아, 뭐, 어리긴 하니 할 말은 없다만.

"네?"

난 아무것도 모르는 순진한 고딩처럼 머리를 긁적이며
고개를 돌렸다. 내가 본 곳은 후방의 벤치였는데, 그곳에
는 옷을 꽤나 야하게 입은 여자 여섯 명이 담배를 피우며
시시덕거리고 있었다.

흠, 그나저나 저 담배… 일반 담배는 아닌 것 같은데?
대마초 피는 건가?

"이리 와봐. 누나들이 좀 물어보고 싶은 게 있으니까."

거기다 외모도 좀 된다.

오호, 통재라! 생긴 게 아니면 마음이라도 착하든가 그
게 아니면 공부라도 열심히 할 것이지, 지금 이게 무슨 해
괴한 작태란 말인고! 여기 무슨 던전이야? 웬 몬스터들이
이렇게 사람 옷을 입고 다녀?

내가 다가가자 의자에 앉아 있던 긴 머리 여자가 한 여
자를 밀어내며 자리 하나를 마련한 뒤 그곳을 탁탁 두드
린다. 앉으라는 뜻 같아 난 냉큼 앉았고, 곧 여자들이 말

했다.

"무슨 깡으로 이곳까지 혼자 온 거야? 여기 어딘지 몰라?"

"어딘데요?"

순진한 물음.

캬! 형들이 날 봤으면 당장 잭나이프를 집어 던지며 발광을 했겠지?

"후우, 진짜 모르나 보네. 그나저나 너 여긴 왜 들어왔냐? 척 하면 딱이어야지. 눈치도 없어? 딴 애들 안 들어가는 거 안 보였어?"

"네. 이곳에는 처음 오는 거라서… 혹 오면 안 되는 곳이었나요? 몰랐어요."

난 가녀린 소년처럼 목소리를 떨며 안절부절못하는 모습을 보였다. 여자들은 픽 웃으며 귀엽다는 듯 저희들끼리 말했다.

"이 정도면 얼굴도 괜찮은데… 어때, 좀 놀아주고 보낼까?"

"순진한 놈 보는 게 얼마 만이냐? 귀여운데?"

"그치? 흐음……."

말하는 모양새를 보니 굴러도 어지간히 구른 것 같았다.

에효, 예쁜 누나들이라 좋아했더니 이건 뭐 상대할 가치도 없는 쓰레기 년들이었잖아?

"야, 따라와."

"네? 어, 어디 가게요? 저, 저 집에 가야 해요."

"누가 잡아먹는대? 잠깐 따라와 봐. 우리들 즐겁게 해주면 보내줄 테니까."

"그, 그래도 빨리 가야 하는…….."

찰캉!

그때 목 뒤에서 익숙한 쇳소리가 들려왔다. 그리고 눈앞에 보이는 차가운 칼날.

"따라오라고."

그리고 들려오는 으스스한 목소리들.

끄덕끄덕!

난 입을 꾹 닫은 채 황급히 고개를 끄덕였다.

그녀들은 날 둘러싼 채 말없이 걷기 시작했다.

더 깊은 산책로를 지나니 없을 듯하던 양아치들이 군데군데 보였다.

"뭐야? 또 먹이 물어온 거냐?"

"우리가 짐승이야? 먹이는 무슨 먹이야?"

"맞잖아, 먹이. 생긴 것도 꽤 반반하겠다, 몸도 튼튼하니 운동 좀 한 것 같은데… 딱 너희들 취향이구먼.”

“언제부터 그런 거 꿰고 다녔다고 그러셔? 신경 꺼!”

서로 아는 사이인 듯 지나갈 때마다 보이는 양아치들이 한마디씩 말을 건네며 아는 척을 했다. 그들 중 몇몇은 나를 부럽다는 듯 자기도 같이 가자는 식의 농담을 외쳐 대기도 했다.

뭐야? 농담이 아니라 정말 날 강간하려고 데려가는 거야?

이거 진짜 미친년들 아냐?

“야, 됐어. 이쪽이면 아무도 안 와. 여기서 하자.”

“아씨, 여기 저번에 상범이 오빠들이랑 했던 자리잖아? 왜 하필 여기야?”

“알 게 뭐야. 닥치고 준비물이나 가져와.”

“나보고 가라고? 씨, 갈러!”

“갈르긴 뭘 갈러. 빨리 갔다 와! 그동안 얘랑 놀고 있을 테니까. 와, 근데 진짜 귀엽게 생겼다, 너.”

파마머리의 여인이 껌을 짝짝 씹으며 내 얼굴을 매만졌다. 살짝 기분이 나빠졌으나 난 대체 어디까지 하나 보려고 일부러 가만히 있었다.

“아, 씨이. 빨리 갔다 올 테니까 기다려. 먼저 하면 안 돼?”

"아, 변태 같은 년아! 닥치고 빨리 처가!"

"씨발."

결국 그 여자는 욕설을 내뱉으며 불만스럽게 자리를 떠났다. 그렇게 나와 다섯 여자만이 남게 되었고, 또다시 파마머리여자가 내게 말을 걸었다.

"야, 너 경험 있냐?"

"네? 겨, 경험요?"

"순진한 척하는 거 봐라. 당구 좀 쳐봤냐고!"

"다, 당구요?"

끝까지 모른 척.

결국 제 풀에 지친 여자가 버럭 화를 내며 노골적인 단어를 입 밖에 꺼냈다.

"섹스! 그 짓 해봤냐고, 이 병신아!"

"아, 아니요!"

난 깜짝 놀란 듯 움찔하며 황급히 고개를 저었다. 그러자 여자들이 역시 하는 표정을 지었고, 파마머리여자는 웃으며 말했다.

"동정이야? 와, 천연기념물이네? 좋아. 이 새끼, 내가 먼저 먹는다?"

"뭐? 준비물 안 기다려?"

"동정이라잖아! 아깝지도 않냐?"

“흠, 하긴 그러네. 뭐, 네가 알아서 해라. 난 그런 거 신경 안 쓰니까.”

“먼저 해.”

여자들은 선선히 양보하는 미덕(?)을 보였다.

보면 볼수록 가관일세?

뭐? 동정이니 내가 먼저 먹겠다고?

이 계집애들, 진짜 미쳐도 제대로 미쳤네? 내가 음식이야? 먹긴 뭘 먹어?

난 여자들이 보이는 어이없는 작태에 화도 나지 않았다.

뭐, 날 때리려 한다든가 협박을 한다든가 하면 모르겠지만, 이거 뭐 나서서 대주겠다는 꼴이라니. 어떤 의미로 이건 호강에 밥 말아먹는 상황인 것이다.

나도 남자인 이상 이런 상황이 기분 나쁠 리 없다.

하지만 문제는 난 아직 총각이라는 거!

무엇보다도 상한 음식을 먹으면 배탈 난다는 것은 세계 어디에서나 통용되는 불변의 진리인 것이다.

소중한 첫 경험을 이런 걸레 같은 오크 년들에게 낭비하고 싶지는 않다.

확실히 세상 참 재미있는 곳이야.

우리 엄마나 삼촌들 같은 모든 게 완벽한 사람들이 있

는 반면에 이곳에 있는 연놈들 같은 개막장 쓰레기들도 있으니 말이야.

후우, 이거 간만에 연소자 관람불가 장면을 연출해 봐야 하는 건가?

"야, 벗어봐."

"네?"

"말 안 들려? 벗으라고. 아니면 내가 확 찢어줄까?"

그러면서 짐승의 눈빛을 하는 파마머리여자.

이거 연극도 작작 해야지, 정말 자칫하다간 오크 년들에게 먹히게 생겼군. 그만하자, 이제. 이 여자들, 그 슬러그라는 놈들이랑 어느 정도 안면이 있는 듯하니 일단 족쳐 놓고 물어보면 되겠지?

난 나를 향해 슬슬 다가오는 오크가 아닌 파마머리여자를 향해 이전까지의 어리숙한 모습을 버리곤 짧게 경고했다.

"그만. 더 오면 뒈지게 처맞는다."

"…뭐?"

마치 내가 잘못 들었나 하는 표정.

난 자리에서 머리를 긁적이며 한숨을 내쉬었다. 그리곤 다시 와이셔츠의 팔소매를 걷으며 말했다.

"안 와도 맞겠지만 오면 더 맞는다고. 어디서 감히 안

생긴 것들이 미쳐 가지고."

"……!"

급변한 내 모습에 당황했는지 파마머리뿐 아니라 모든 여인네들이 멍한 표정을 짓는다. 난 잡혔던 소매를 떨쳐 내며 자리에서 일어섰다. 그리고 여인의 머리를 움켜쥔 다음 내가 등지고 있던 나무에 힘껏 박아버렸다.

퍼억!

비명조차 지르지 못하는 파마머리여자.

퍽! 퍼억!

"꺅! 꺄아악!"

내가 몇 번을 더 박아대자 비명이 들려온다. 그것도 파마머리가 아닌 다른 네 명의 여자에게서.

"안 닥치면 똑같이 받아버린다?"

"……!"

"얌전히 지켜보고 있어. 어디 도망가려고 하면 잡아 족쳐 버릴 테니 허튼 생각은 하지 말고. 알았어?"

"……!"

그러자 멍한 표정으로 대답을 망설이는 여자들. 내가 눈을 부라리며 잡고 있는 파마머리를 한 번 더 밀어 칠 기세를 하자 그때야 황급히 대답이 터져 나왔다.

"아, 알았어! 알았다고!"

"그만해! 그러다가 민지 죽겠어!"

"이 오크 이름이 민지야? 흠, 좋아. 넌 아플 테니 어디가서 누워 있어. 난 나머지 것들 조져야겠네."

그제야 난 민지라는 이름의 여자를 풀어주곤 나무에 등을 기댄 채 자리에 주저앉으며 말했다.

"열중 쉬어."

처척!

자연스럽게 나오는 동작들. 여자들은 바짝 굳은 표정으로 내 눈치를 본다.

난 히죽 웃으며 말했다.

"제대로 한번 놀아볼까?"

여자들에게서 알아낸 건 의외로 많지 않았지만 그래도 확실히 슬러그라는 조직의 꼬리는 잡을 수 있었다. 난 여자들에게 말해 아까 잠깐 거론되었던 상범이라는 녀석을 부르라 했고, 여자들은 순순히 내 말에 따랐다. 그렇게 잠시 있으려니 곧 남자 한 명이 어슬렁거리며 나타났다.

퍽퍽퍽!

"악! 넌 뭐야? 이 새끼, 뭐야?"

난 상황 파악을 할 틈을 주지 않은 채 폭풍같이 덮쳐 미친 듯 녀석을 구타했다. 그야말로 정신없게 두들겨 맞은

녀석은 처음에는 반항하며 소리를 지르다 나중에는 엉엉
울며 용서를 빌기에 이르렀다. 난 그제야 구타를 멈추고
는 녀석의 머리채를 잡아끌고 말했다.

"너, 슬러그에서 어느 정도 위치냐?"

"저, 저는 그냥 말단직……."

"거짓말하지 마! 오빠 간부 중 한 명이잖아!"

"저, 저년이……!"

그때 여자 중 한 명이 바로 반박을 했고, 녀석은 당황스
런 표정으로 어쩔 줄을 몰라 했다. 후우, 이 자식이 아직
도 정신을 못 차렸네. 감히 농담 따먹기를 하려 들어?

"너 아직 덜 맞았지?"

"아, 아니에요! 진짜 저는 말단이에요!"

"오빠, 간부라고 그랬잖아! 우리 끌어들인 것도 오빠
고!"

"그거야 이년아……!"

뭔가 버럭 소리를 지르려던 녀석은 슬슬 내 눈치를 보
며 주저하기 시작했다. 뭔가 밝히기 곤란한 게 있는 듯한
모습. 난 가까이 다가가 말했다.

"조용히 말해봐. 뭔데?"

"그, 그게… 더 가까이 좀……."

"참 가지가지 하는구먼. 됐지? 말해."

난 더 가까이 귀를 가져다 댔다. 그러자 녀석이 귓바람을 불더니.

"그게 말이지……."

그리고 따끔해지는 뒤통수.

퍼억!

수박 깨지는 소리가 들려왔다.

맞은 사람?

당연히 나는 아니다.

이미 말했지만 모든 치사함과 야비한 수법에는 어려서부터 달통한 나였다. 난 속아주는 척하며 내 뒤통수를 치려는 녀석의 머리를 그대로 후려쳐 버렸다. 난 가소로운 표정을 지으며 자리에서 일어서며 녀석에게 말했다.

"그런 건 좀 사람 봐가며 해야 된다고 생각하지 않냐? 이 새끼가 자꾸 사람 성질 돋우네? 어이, 거기 오크들, 이리 와봐."

"네? 저, 저희는 또 왜요?"

"아, 좀!"

"……!"

후다닥!

내가 화를 내려 하자 여자들이 달리듯 내게 다가왔다. 난 아파 부들부들 떨고 있는 녀석의 머리를 발로 툭툭 치며 말했다.

"이 녀석에게 쌓인 거 많지? 아까 들어보니 너 긴 머리, 이 녀석에게 여기서 한 번 당한 적 있다며?"

"네, 네."

"열 받았지? 네가 원한 건 아니었을 거 아냐."

"마, 맞아요! 그리고 이 새끼, 우리 말고도 자기 지위를 이용해서 조직의 여자들 숱하게 따먹고 그랬어요!"

"따먹다니, 여자가 말이 그게 뭐냐? 강간이라고 해, 강간."

"새삼스럽게 무슨……."

"……뭐?"

"아, 아니에요. 그건 그렇고, 복수할 기회 주시는 거예요?"

"잘 아네. 당한 만큼 풀어봐. 내가 계속 지켜보고 있을 테니 걱정하지 말고."

"그, 그래도 된다면……."

"……."

여자들은 서로를 바라보며 의미심장한 눈빛을 나눴다. 그리고는 곧 녀석을 둘러싸더니 바지를 벗기기 시작한다.

"뭐, 뭐야! 썅! 안 비켜? 미쳤나, 이것들이!"

"닥쳐! 너한테 당한 게 얼만데…… 우리도 진작 때려 치우려고 했어!"

"웃기고 있네! 좋다고 다리 벌릴 땐 언제고. 야, 야! 야. 이 미친 것들아! 야! 안 돼!"

음, 같은 남자로서 좀 참담한 광경이긴 하다..

여자들은 녀석의 바지를 벗긴 걸로도 모자라 팬티까지 벗기려 들었고, 녀석은 기겁을 하며 필사적으로 저항했다. 개중에 난투가 좀 일긴 했지만 아무리 여자라고 하더라도 이런 일을 하려 들 정도면 힘이 보통은 아니라는 증거. 여자들은 각각 사지를 붙잡아 녀석을 결박했고, 결국 녀석의 팬티는 힘없이 벗겨졌다.

그리고 시작된 고문.

"끄아아아아아악!"

어우, 눈 뜨고 지켜보기 괴로울 정도다.

말 그대로 녀석의 그곳을 사정없이 걷어차기 시작한 것이다.

남자의 생명, 남자의 자존심!

난 지금 보고 있다.

원한을 가진 여자들에 의해 그곳이 처참하게 부서지고 있는 광경을.

"끄아아아아아!"

난 결국 눈을 돌려 버렸고, 어두운 숲에 처절한 비명은 더욱더 크게 울려 퍼졌다.

“흑흑흑.”

“엉엉엉.”

난 그런 식으로 몇 명의 간부 및 졸개들을 더 불러 여자들에게 족치게 했다. 여자들은 좋다고 달려들었으며, 난 차례로 깨진 거기를 붙잡은 채 엉엉 울고 있는 녀석들을 한심하게 내려다봤다. 녀석들은 모두 다 강간 경력이 충만한 녀석들이었기에 사실 죽어도 그 죄가 채워지지 않을 녀석들이었다.

여자들은 그것으로도 부족했는지 나에게 그동안 당한 친구들을 데려와도 되느냐며 요청했다. 난 웃으며 허락했고, 곧 십수 명의 여자가 몰려왔다.

“저, 정말이야?”

“농담인 줄 알았는데…….”

설마설마했던 그녀들은 곧 눈앞에 벌어진 상황을 보고는 점점 표정이 변했다. 그러더니 어찌 되었는지 모를 그곳을 붙은 채 거품을 물고 기절해 있거나, 또는 엉엉 울며 아파하고 있는 남자들을 걷어차기 시작했다.

어지간히도 당한 게 많은가 보다.

삼류 조직에서는 종종 집 나온 여자들을 억지로 조직에 편입시켜 안 좋은 짓을 벌인다는 소문을 듣긴 했지만 이 정도일 줄은 상상도 못했다.

"그만."

내 말에 전장터 같던 현장이 수그러들었다. 난 자리를 털고 일어나 앞으로 걸어갔다. 여자들은 나를 향해 시선을 집중했고, 난 여자들에게 말했다.

"물어보고 싶은 것들이 있는데 대답해 주겠어요?"

"뭐든지 물어보세요!"

"다 대답해 드릴게요."

"그런데 어느 조직 분이세요? 아직 어린 것 같은데 대단하시다!"

"이 기회에 슬러그 자식들 좀 박살 내주세요! 사람 약점 잡고 부려먹기나 하고… 재수없는 양아치들이에요!"

"그 새끼들 때문에 집에도 못 들어가고 있어요!"

내 말에 여기저기서 거친 대답들이 들려왔다. 난 어색하게 웃으며 본격적인 질문을 시작했고, 여자들은 정말로 성심성의껏 대답해 주었다.

난 많은 것을 알 수 있었다.

일단 슬러그라는 조직이 어딘가의 하부 조직이라는 것.

그리고 조직의 수장이 일본인이라는 것과 마약은 전부 수장의 선에서 반입이 된다는 것까지.

난 그것을 들으며 오비파를 의심했다.

조직이 룸이나 클럽, 카지노, 술집 등을 운영하며 돈을 버는 것은 모두가 익히 아는 사실이다. 하나 그런 것보다도 가장 크게 벌 수 있는 거리는 다름 아닌 마약 판매였다. 그러나 직접 대고 팔지는 못한다. 특히 규모가 어느 정도 커진 조직이라면 조직의 이름을 건 판매는 더더욱 어렵게 된다. 그만큼 제한이 많아지기 때문이다.

그래서 나온 게 하부 조직이다.

일종의 바지 사장 같은 존재를 내세워 마약 판매나 목적을 위한 조직을 구성하게 한 뒤 그들을 시켜 장사를 시작하게 한다.

내가 알기로 국내에 자체적인 마약 시장은 없다.

사실 우리나라만큼 단속 체계가 잘되어 있는 나라도 드물기 때문이다. 그래서 국외에서 몰래 들여오는 것이고, 여느 나라보다도 더욱 비싼 값을 붙여 장사를 한다.

웃긴 건 그래도 장사가 잘된다는 것이다.

이런 장사에도 원칙이 있는데 바로 고객 관리는 철저히 해야 한다는 것.

그 철저히란 명부 관리를 해놓고 챙겨준다는 그런 개

념이 아니다.

　구입한 이들에 대해서는 어떤 일이 있더라도 신원을 비밀로 해준다는 것이다.

　쌍칼 형에게 듣기로 우리나라에서 마약은 없는 이들이나 일반 3류 양아치, 조폭들이 하기보다는 있는 사람들, 유명한 이들, 그리고 재벌, 고위층의 자제들이 주로 한다고 했다. 사실 그들 아니고서는 금가루보다 비싼 마약을 살 수 있는 이들도 없다.

　내가 알기로 강남권을 장악하는 대조직이며 일본 계열 기업을 등에 업고 있는 이들은 오비파밖에 없다.

　그들이 아니고서는 감히 듣도 보도 못한 3류 조직이 이런 일을 할 수 있을 리 없다.

　이 문제는 나 혼자 해결할 수 있는 게 아니군.

　―뚜루루루.

　난 즉시 쌍칼 형에게 전화를 걸었다. 한참 신호가 가더니 곧 익숙한 목소리가 들려왔다.

　―오, 유빈이냐? 어쩐 일이냐?

　"지금 바빠요?"

　―아니. 마침 쉬고 있는 중이었다. 중요한 일이냐?

　"네. 많이 중요한 일인데… 일단 들어보고 결정해 주세요."

난 그것을 시작으로 슬러그 조직에 대한 것들을 말해 주기 시작했다. 내 설명이 끝나자 형이 침중한 음색으로 말했다.

―그런 일이 있었구나. 슬러그라… 좋아. 거기 어디라고 했지? 압구정에 있는 공원이라고? 언제 그런 기생충 같은 놈들이 숨어든 건지 모르겠지만 이참에 확실히 정리해 주마. 좋은 정보 고맙다. 행동대 하나 끌고 갈 테니 기다리고 있어.

"네. 빨리 와요."

그것을 끝으로 난 전화를 끊었다. 음, 근데 왜 이렇게 조용해?

"저, 저기 혹시… 방금 대화하신 분이… 쌍칼이라는 분이에요?"

그때 한 여자가 내게 조심스럽게 말을 건넸다. 긴 생머리에 옅은 화장이 꽤 매력적인 청순해 보이는 미녀였다. 그녀뿐 아니라 모든 여자들이 설마설마하는 표정으로 나를 보고 있었는데……

"그런데요?"

"꺄아아악!"

내가 선선히 수긍하자 여기저기서 비명 소리가 울려 퍼졌다.

뭐, 뭐야? 반응들이 왜 이래?

"드, 들었어? 적호문의 쌍칼이래!"

"지금 여기로 온다는 거야? 빨리 보고 싶다!"

난리도 이런 난리가 없었다.

아니, 쌍칼 형이 뭐 어쨌기에?

"왜, 왜 그러죠? 무슨 일 때문에 그러는 거예요?"

난 옆에 있는 여자에게 넌지시 물었다. 그 여자 역시 애써 소리를 지르고 싶은 것을 참는 듯 얼굴을 붉히며 대답했다.

"적호문의 쌍칼은 이 바닥에서 가장 유명한 분들 중 한 명이잖아요. 생긴 것도 조각같이 잘생겼고 싸움 실력도 남달라서 모두가 좋아해요. 거기에 매너까지 좋다면서요? 쌍칼이라는 이름은 이 바닥에서 어지간한 연예인보다도 유명해요."

"그래요? 허참."

조각같이 잘생겼다는 건 인정한다.

싸움 실력도 뭐, 아무래도 날 가르친 장본인이며 조직의 실질적인 이인자이기도 하니 그럴 수 있다고는 하지만, 그런데 매너가 어쨌다고?

"…이미지 관리 꽤 하고 다녔구나."

난 그렇게 중얼거리며 평소 형의 모습을 떠올렸다.

게으름뱅이에 여자 밝히기로는 두말할 것 없는 바람둥이. 거기에 또 눈은 어찌나 높은지 어지간한 모델이나 연예인도 우습게볼 정도다. 난 저런 사람이 되지 말아야지 싶을 정도의 능구렁이에, 하여튼 여러모로 내 가치관과는 정반대 성향을 지닌 사람인데 매너가 좋다고?

환장하겠네.

"어, 언제 온대요?"

"한 시간 정도는 걸리지 않을까 싶은데… 왜요?"

"사, 사인 받으려고요!"

"…사인? 그거 받아서 어쩌게요?"

어이없네. 연예인도 아니고 다 큰 처자가 조폭 사인은 받아 어쩌려는 건데? 내가 황당하다는 시선으로 바라보자 모두가 당당하게 말했다.

"평생 간직하며 자랑할 거예요!"

"조폭 사인을 누가 알아준다고……."

난 그렇게 툴툴댔지만 사실 형의 위상은 세계에서도 유명하다.

세계 3대조직이 있다고 했다.

삼합회, 마피아, 그리고 적호문.

일본의 야쿠자 따위, 적호문에 밀려 위상을 잃은 지 오래다. 마피아와 삼합회야 예전부터 범국가적인 규모를 자랑하던 단체였으니 어쩔 수 없었지만 적호문이 공식 출범한 후 야쿠자들은 예전에 밀려 그 위상을 잃은 지 오래였다.

물론 요즘 심상치 않은 단체가 뜨고 있다 했으니 조만간 4대조직이 될지도 모르지만 어쨌든 그 3대단체 중 실질적인 이인자의 위치에 있는 쌍칼 형이었다.

본명은 송현우.

언뜻 보면 조각의 귀공자 같은 그는 상찬, 수겸, 용운이 삼촌과는 오랜 친구이기도 했다. 지금은 용운이 삼촌과 함께 대모님의 오른팔, 왼팔이나 마찬가지였다.

―으아아악!

그때 밑쪽에서 비명 소리가 들려왔다. 치고받는 듯한, 아니, 정확히 말하면 일방적으로 급습당하는 것 같은 소리.

"왔구나."

난 웃으며 소리가 난 방향을 바라봤다.

"유빈아!"

잠시 후 한 무리의 검은 양복 사내들과 함께 익숙한 얼굴이 나타났다.

바람에 휘날리는 긴 머리에 뛰어난 외모를 지닌 조각 미남.

난 평소처럼 달려가 껴안는 대신 말없이 귀를 막았고,

"꺄아아아악!"

곧 거대한 함성 소리가 밤하늘 깊숙이 울려 퍼졌다.

형의 등장에 그곳(?)을 부여잡고 있던 녀석들은 그야말로 얼굴이 하얗게 질려 버렸다.

그들과 올라오면서 잡은 이들을 닦달해 본거지를 알아낸 우리는 즉시 여자들에게 차비 형식의 적당한 돈을 나눠 주고 돌려보낸 후 즉시 이동을 시작했다.

그들이 말했던 첫 본거지는 시내에 있는 법률 사무실이었다.

처음 이곳이 본거지라는 곳을 들었을 때에는 기가 막혔지만 확실히 이런 은밀하면서도 법의 눈을 피하려는 일에는 그에 관한 전문가가 있어야 한다는 생각에 수긍이 가기도 했다.

그렇게 한 곳 한 곳을 접수하거나 뒤집어엎어 가며 우리는 슬러그 놈들이 잠복하고 있는 모든 곳들을 덮쳤지만 수장은 발견할 수 없었다. 진작 눈치 채고 도망을 간 듯싶었다.

슬러그의 모든 연결 고리들을 끊는 것에는 정확히 삼일이라는 시간이 소모됐다.

첫날만 합류했던 나는 다음날 바로 집으로 들어와 그곳이 정리된 후 시작할 길거리 공연을 구상하기 시작했다. 벌써 이 일을 해결하느라 꽤 많은 시간을 소모했다. 사실 다른 곳으로 갈 수도 있었지만 내가 레테의 숲을 보며 생각했던 것들을 위해서는 필히 그곳을 정리해야 할 필요가 있었다.

난 바로 수진이와 미란이에게 연락했지만 어찌 된 일인지 두 사람은 폰을 꺼놓은 상태였다. 몇 번이고 시간 간격을 두고 계속해서 전화했지만 역시 마찬가지였다.

아직도 마음이 풀리지 않은 건가 싶어 난 어두워져서야 전화하는 것을 멈췄고, 스멀거리며 솟구치는 짜증을 가까스로 억눌렀다.

하지만 이때 난 어떻게 해서든 두 사람에게 연락했어야 했다.

충격적인 사실은 정확히 수겸이 삼촌과 약속을 하고 헤어진 지 일주일째가 되는 날 뒤늦게야 내게 전해졌다.

"뭐라고?"

듣지 못할 것을 들었다.

그렇지 않고서야 수진이가 감히 그따위 말을 나에게 할 수 있을 리 없었다.

하지만…

—미안해, 오빠. 정말 할 말이 없어. 정말 미안해. 미안해.

뚝.

"……!"

그 말을 끝으로 수진이는 전화를 끊어버렸고, 난 머릿속이 하얗게 되는 것을 느끼며 허탈하게 웃었다. 속에서 무언가가 끓어오른다. 난 억지로 화를 가라앉히며 재통화를 눌렀고.

—전화기가 꺼져 있어…….

콰칭!

기분 나쁜 소리가 들렸을 때 화를 참지 못해 그만 핸드폰을 집어 던져 버렸다.

"제길!"

난 힘없이 주저앉으며 벽에 등을 기댔다.

정말 상상도 못했던 일이 벌어졌다.

날 놀리려 한 게 아니라면 이건 정말 농담으로만 남았어야 할 일이었다.

가슴이 시리도록 차가우면서도 매섭게 아파왔다.

"확인해 봐야겠어."

난 바로 미란이에게 전화를 걸었다.

두 시간이 지나서야 힘없는 목소리가 들려왔고, 난 즉시 집을 박차고 달려나갔다.

기획사에 도착한 나는 즉시 사장실로 달려갔다.

그러나 그곳에 사장은 없었다.

단지 퉁퉁 부운 눈과 침중한 안색으로 고개를 숙이고 있는 수진이와 미란이만이 있을 뿐.

"사장님은?"

"몰라. 소식이 없어. 며칠째 집에도 안 들어오고 핸드폰은 꺼놨고… 나도 자꾸만 업자들에게 전화 와서 어쩔 수 없이 핸드폰 꺼놓고 있었어. 살아만 있으면 좋겠는데… 흑."

"수진아."

미란이는 수진이를 감싸 안으며 같이 눈물을 흘렸다.

살아 있는지 죽었는지도 모르는 상황.

난 그동안 연락이 안 돼 짜증이 났던 것들이 확 풀리는 것을 느꼈다.

사실 이곳으로 옮긴 것이 사업이 잘되고 돈을 벌어서 옮긴 게 아니라 조금 무리하게 돈을 끌어서 옮긴 거라는 점, 그리고 그 돈이 바로 사채라는 점.

간단히 말해 사채 탓에 회사가 부도가 날 지경에 이른

것이다.

　확실히 요즘은 대형 기획사의 대형 연예인들이 독식을 하고 있기에 어지간해서는 중소형 기획사들이 살아남기가 어렵다. 심지어 대형 기획사들조차도 어떤 곳은 적자 운영을 하고 있다 하니 말 다한 것이다.

　동시에 새로운 의문이 차올랐다.

　"도대체 얼마를 빚진 건데?"

　"……."

　손쉽게 대답하지 못하는 수진이.

　"말해봐. 얼만데?"

　"그게……."

　수진이는 쉽사리 대답하지 못했다. 결국 미란이가 고개를 저으며 내게 말했다.

　"사십억이래."

　"……!"

　경악할 만한 액수.

　아니, 아니, 그전에 중요한 게 있다.

　"원래 얼마였는데?"

　"이십억… 약간 안 되게."

　"…이자가 이십억이나 올랐다고? 아니, 그보다도 그렇게 되기까지 아무도 몰랐다는 거야?"

"아니… 몇몇 이사들은 알고 있었대. 나만… 나만 몰랐던 거야."

"하아! 사십억이라……. 이거 뭐 카드로 돌려막기 할 수 있는 금액도 아니고… 환장하겠구먼."

어이가 없어 그저 한숨만 나왔다.

"그래서, 임원들이랑 기획팀들은 다 어디로 갔어?"

"……."

또 대답하지 않는 수진이.

그 모습에 머리가 지끈거렸다.

"그럼 아무도 없는 거야?"

"…응."

"하아! 의리없는 것들이구먼. 쯧."

난 혀를 차며 수진이 옆에 앉았다.

"너무 풀 죽어 있지 마. 그깟 사십억, 금방 벌면 되지, 뭐. 벌어서 갚으면 되잖아."

"…어떻게?"

"어떻게 벌긴, 미친 듯 벌어야지. 다 잘될 거야. 괜찮아."

"오빠……."

난 수진이의 등을 토닥여 줬지만 수진이의 근심은 사그라들지 않았다.

어쩔 수 없는 문제였다. 사장인 아버지는 며칠째 사라져 연락도 없고, 난데없는 빚 독촉에 아마 가슴이 검게 타들어가고 있을 테지. 거기에 믿었던 기획사 가족들은 모두 사라져 버렸고.

"후, 순식간에 거지 되는구나. 축하한다."

이럴 때는 심각하게 말하는 것보다는 가볍게 해주는 게 더 편하겠지?

"걱정 마. 무슨 일 생겨도 넌 오빠가 보호해 줄 테니까. 집도 넘어가면 오빠 집에서 데리고 살아줄 테니 마음 푹 놓으라고. 적어도 우리 집은 한낱 사채업자들 따위들이 올 수 있는 곳이 아니라서 안심하고 다닐 수 있을 거야."

"…정말 데리고 살아줄 거야?"

수진이는 촉촉하게 젖은 눈으로 날 올려다보았다.

길 잃은 강아지 같은 얼굴에 절로 한숨이 나왔다.

"우리 엄마도 있는데… 데리고 살아줄 거야?"

"밥이랑 청소만 전담해 주신다면 언제든지. 그런 게 마음에 안 들면 평생 무이자로 전세 살 돈 정도는 마련해 줄 수 있으니 언제든 말해. 사채라… 쯧, 골치 아프게 됐구나."

난 고개를 저었다.

쌍칼 형이 말하길, 세상에 하지 말아야 될 일이 세 가지가 있다고 했다.

아름다운 미녀의 눈에 눈물이 흐르게 하는 것.

부모님께 불효하며 친구들에게서 신의를 잃는 것.

마지막으로 돈이 급하다고 사채를 끌어다 쓰는 것.

이상이었다.

40억이라… 참 큰돈을 빚졌구나.

쾅쾅쾅!

그때 사장실 문이 거칠게 울렸다.

"미, 미란아!"

"수진아, 걱정하지 마. 이젠 오빠가 있잖아."

"그, 그래도……."

그러자 미란이와 수진이가 겁을 먹은 듯 서로 껴안으며 덜덜 떨기 시작했다. 그나마 미란이가 어른스럽게 토닥이긴 했지만 지금 수진이의 모습을 보면 그간 얼마나 시달렸는지 잘 보여주고 있었다.

난 슬쩍 화가 치솟아 자리에서 일어서 문을 열었다.

그러자 험악한 인상의 삼 인조가 나타났다.

"뭐야, 이 꼬맹이는? 비켜."

턱!

내 어깨를 거칠게 치고 지나가는 삼 인조.

"이봐, 꼬마 아가씨들. 돈 갚을 준비는 됐나? 여기 팔기만 해도 돈 꽤 나올 것 같은데? 우리한테 맡겨만 달라니까. 깔끔하게 처리해 줄게.”

그러면서 그는 벽에 매달려 있는 액자를 툭툭 치다가 움켜잡았다.

난 수진이와 미란이를 바라봤다. 수진이는 그야말로 애처롭게 떨면서 더욱 몸을 웅크렸다. 그런 수진이를 미란이는 더욱 꽉 껴안으며 나보고 어떻게 해보라는 듯 눈치를 줬다.

“어느 조직 소속입니까?”

난 조용히 한숨을 내쉬며 말했다.

사실 사채 관련 직업들이 조직들을 끼고 일한다는 사실은 공공연한 비밀이었다. 물론 그렇지 않은 곳도 많긴 했지만 지금은 대다수 조직들이 사채업에 손을 대고 있었다. 어둠의 조직들이 돈을 불릴 수 있는 방법은 합법적인 면에서는 그다지 많지가 않았다.

“넌 뭐야? 좀 안다, 이거냐?”

“어느 조직 소속이냐고 물었습니다.”

“그러니까 넌 뭐 하는 놈이냐고! 상관없으면 빠져!”

“…후우.”

난 고개를 저으며 녀석들에게 다가갔다. 내가 뭘 하는 건가 싶어 말없이 지켜보던 다른 두 명은 곧 내 행동에 경악했다.

"뭐, 뭐 하는 거야, 인마!"

"저 자식이 미쳤나? 안 놔?"

난 액자를 잡고 있는 녀석의 목을 틀어쥔 것이다.

난 서늘한 표정으로 다시 한 번 물었다.

"어느 조직 소속이냐고 물었다. 대답 안 하면 성대를 따버린다."

"컥! 커억!"

하여간 이놈이고 저놈이고 왜 이렇게 무방비투성인지 모르겠다. 사실 이쪽 업계에 관련된 이들은 죽인다 해도 뒤처리만 잘하면 뒤탈은 나지 않는다. 하지만 이런 곳에서 사람을 죽이는 건 좀 그렇고, 목 따거나 장님 만드는 정도는 괜찮겠지?

"미란아, 뾰족한 거 아무거나 좀 줘봐."

난 그렇게 말하며 한 손을 내밀었다. 미란이는 어쩔 줄 몰라 하며 두리번거리다 볼펜 하나를 발견하고 내게 건네주었다. 난 심을 꺼낸 다음 그것을 녀석의 오른쪽 눈알에 가까이 가져다 대며 말했다.

"이런 거 어디서 많이 본 적 있지? 꼭 찌르면 풍선처럼 펑 터질까, 아니면 구멍만 쏙 날까 궁금했는데, 눈에서 먹물 나는 게 어떤 건지 한번 실험해 볼까?"

"컥! 캑! 마, 말할게! 말할 테니까 놔!"

"거짓말하지 마. 제대로 말 안 할 거잖아."

난 못 믿겠다는 듯 말하며 볼펜 촉을 살짝 눈알에 가져다 댔다. 그러자 녀석이 기겁을 하며 다급히 소리쳤다.

"말할게! 말한다고!"

"좋아. 그럼 말해봐."

난 선선히 풀어주며 뒤로 물러섰다. 그러자 녀석이 빨갛게 달아오른 목을 부여잡고 기침을 내뱉었다. 그러나 그것도 잠시.

"이 새끼!"

느닷없이 나를 발로 걷어차려는 것이 아닌가?

뭐, 이 정도야 예상한 일이다. 이런 놈들이 하는 생각이야 뻔하거든.

턱.

난 타이밍 좋게 녀석의 발을 붙잡았고, 그대로 들어 올려 넘어뜨려 버렸다. 녀석이 벽에 머리를 세게 부딪치며 힘없이 넘어갔고, 난 그대로 녀석의 중심부를 짓밟아 보기에도 참담한 짓을 저질러 버렸다. 그나저나 다른 두 녀석은 뭐 하는 거야? 이 정도까지 됐으면 이 녀석 도와주러 와야 하는 거 아냐?

"끄아아아악! 으아아악!"

“아이고, 진짜 아프겠구먼.”

“그러게 말여. 하여간 오늘은 예감이 안 좋다니까 말을 안 들어서…….”

녀석들은 비명을 지르는 동료를 보며 그저 혀를 찰 뿐이었다.

“난 그곳과 뒤통수를 동시에 부여잡으며 뒹구는 녀석을 두고 두 사람에게 물었다.

“어디 소속이요? 순순히 말하면 안 때릴 테니 이야기 좀 해 보쇼.”

“뭐, 말해도 모르겠지만… 혹 오비파라고 알고 있나?”

또 오비파냐?

난 절로 머리가 아파오는 걸 느끼고 이마를 부여잡았다.

그 자식들, 대체 안 하는 게 뭐야?

마약에 대부업에… 와, 정말 가지가지하는구나.

“알고는 있지만 그 자식들, 이런 일도 한단 말이오? 당신, 그 조직 소속원이오?”

“뭐, 일단은.”

“으휴! 사십억이라… 그 정도 돈이면 당신들이 처리한다고 정리할 수 있는 금액은 아니겠지?”

“당연하지. 우리가 당하면 아마 조직 차원에서 보복이

나올 거야. 웬만하면 이 회사 건물 팔아치우는 게 신상에 좋을걸? 그리고 돈 빌린 건 사실이잖아? 사람이 남의 걸 썼으면 약속대로 갚아야지. 안 그래?"

녀석들은 꽤나 여유로웠다. 날 우습게보지도 않았고, 말 그대로 구구절절 맞는 말만 한다.

"이 건물 팔면… 얼마나 나올 것 같소?"

녀석에게는 왠지 반말을 하기가 힘들다.

뭐랄까, 일반적인 협잡꾼이나 3류 건달 같지가 않다랄까?

만만히 보다가는 크게 다치는 쪽은 나일 것 같다는 생각이 든다.

"요새 이 근방 땅값 올랐다니까 대략 30억은 약간 안 되게 나오겠지? 그나저나 제의 하나 하지. 너희가 아무리 노력한다 해도 십억대의 돈은 도저히 마련하지 못할 거야. 그렇지?"

"…일반적인 상황이라면 그렇겠지."

"호오, 넌 그렇지 않다는 건가?"

"아아, 일단 계속 이야기해 보쇼. 단도직입적으로."

내 말에 그는 피식 웃으며 말했다.

"좋아, 그럼 말하지. 너, 우리 조직에 들어와라. 그럼 건물 팔고 남은 빚은 모조리 탕감해 주마. 어떠냐?"

"날 뭘 보고 그런 제의를 하는 거요?"

"네가 간단히 제압한 그 녀석, 그래 봬도 그래도 이 바닥에서는 주먹으로 꽤 이름 날리던 놈이란 말이지. 그런데 너무 간단하게 제압했어. 그리고 아까는 슬쩍 살기도 보였단 말이야. 사람 꽤 죽여본 적이 있거나 아니면 꽤 병신으로 만들어본 놈 같은데… 그 나이에 그런 인재는 얻기 힘들지."

"눈썰미가 좋군. 그러는 당신도 이런 곳에 따라와 똘마니 노릇할 인간은 아닌 것 같은데… 당신은 정체가 뭐요?"

"들어온다고 하면 말해주지. 하여튼 어때? 좋은 조건이지? 흠, 아니면 당장 결정을 내리기가 좀 그런가? 그럼 삼일 정도 시간을 줄 수는 있는데."

"미안하지만 아직 학생이고 해야 할 일이 많아서 십 년의 시간을 준다고 해도 좀 어려울 것 같소. 난 그 바닥에는 미련이 없는 사람이라. 그리고 좋으나 싫으나 몸담아야 할 곳이 있기도 하고."

"그래? 한데 그거 알고 있나? 이 바닥에서 활약하는 놈들 대부분이 조폭이 되고 싶어서 된 게 아니라는 거. 나도 사실은 예전에 일식 요리사를 꿈꾸던 몸이었지. 뭐, 그런데 운명이라는 게 있긴 있나 보더라고. 어느새 정신

차리고 보니까 이런 일을 하고 있으니…….”

“그 말은 나도 언젠가는 반드시 그런 일을 하게 될 거라는 건가?”

“아마도? 적어도 난 사람 보는 눈은 있다고 자부하는 놈이거든.”

그는 그렇게 말하며 픽 웃었다.

“오늘은 돌아가지. 삼 일 후에 다시 올 테니 잘 생각해 보는 게 좋을 거야. 저 녀석, 부축해라.”

“아이고 인마, 괜찮냐?”

옆에 조용히 시립하고 있던 놈은 아직도 바닥에 뒹굴고 괴로워하는 놈을 부축하고 사무실을 나가기 시작했다. 내가 한숨을 내쉬려던 그 찰나,

“아, 한 가지 빼먹은 게 있는데…….”

그가 느닷없이 걸음을 멈추고 이마를 톡톡 두드리며 웃었다. 그리고 곧 충격적인 말을 내뱉었다.

“너, 적호문의 쌍칼 자식과 무슨 관계인지 모르겠지만, 내 제의 잘 생각해 보는 게 좋을 거야. 약점 잡고 협박하는 건 내 취향이 아니지만 그 자식을 불러낼 수 있을 정도로 절친한 사이라면 이야기가 달라지지.”

“……!”

난 깜짝 놀라 눈을 크게 떴다.

그는 이제까지와는 다른, 싸늘하기 이를 데 없는 미소를 지으며 말했다.

"네놈 덕분에 내 동생 고자 됐다. 상범이라고 기억하나?"

"아, 그 얼간이? 와! 당신이 설마 그 슬러그의 숨은 총수였어? 듣기에는 일본인이라고 하던데?"

난 짐짓 놀랍다는 표정으로 물었다. 상범이라는 이름, 확실히 기억한다. 제일 처음에 불러내서 여자들에게 완전히 당했던 비운의 사내 아니던가?

"일본인 맞다. 정확히 말하자면 재일교포지만… 뭐, 그건 상관없지. 어쨌든 고마웠다. 애써서 만들었던 조직 완전히 박살 내줘서."

"그래서 보복하겠다는 건가?"

"그럴 리가. 돈만 갚으면 아무 일도 없을 테니 걱정하지 말라고. 그리고 내 제의는 아직도 유효하니 잘 생각해 봐. 그럼 이만."

그는 그렇게 말하며 진짜로 떠나갔다. 한참 동안이나 내실에는 긴장감이 맴돌았다.

"오빠, 도대체 정체가 뭐야?"

"나? 별거 아냐. 그냥 너희가 아는 권유빈이고 대한민국의 건실한 청소년이지."

"거짓말! 적호문과 쌍칼이라는 이름이 그런 친한 사이
에게서 나올 수 있는 이름은 아니잖아? 그리고 오비파와
슬러그라면 이쪽 계열에서는 엄청 유명한 이름이란 말이
야! 거기에 모두 연관된 사람이… 뭐, 평범한 고딩이라
고? 거짓말하지 마!"

수진이는 독기 어린 눈빛으로 그렇게 외쳤다.

마치 그 눈빛이 날 원수로 대하는 듯해 기가 막히기도
했지만 그 심정이 이해가 가는지라 그저 안쓰러웠다.

난 할 말이 없어 그저 한숨만 내쉬었다. 수진이는 비틀
거리며 자리에서 일어서더니 힘들게 내 앞에 다가왔다.
그리고 내 옷을 붙잡으며 간절하게 말했다.

"오빠가 보통 사람이 아니라는 건 진작 알고 있었어.
오빠, 부탁 하나만 할게. 그러니까… 꼭 들어줘."

"뭔데?"

"꼭 들어줘야 해. 들어주지 않으면… 나 죽어버릴 거
야."

"죽어버릴 정도의 부탁이라면… 뭐, 돈 갚아달라는 거
야? 하지만 난……."

"아니. 내가 그렇게 개념없는 애로 보여? 아니야. 돈은
내가 갚을 거야. 열심히 일해서, 보란 듯이 성공해서, 미

란이를 톱스타로 만들어서 갖고 말 거야. 내 부탁은 다른 거야."

"뭔데?"

주저하던 수진이가 힘겹게 말했다.

"우리 아빠 좀 찾아줘."

"…뭐?"

의외의 부탁. 내가 얼굴을 찌푸리며 되묻자 수진이가 또다시 울먹이며 말했다.

"불안하단 말이야. 왠지 그놈들이 우리 아빠 가만 안 뒀을 것 같고… 우리 아빠 잘못되면 불쌍하고 아무것도 모르는 우리 엄마도 큰 충격 받고 쓰러질 거야. 몸도 약한데… 그놈들이 손쓰기 전에 오빠가 먼저 아빠 찾아서 보호해 줘. 다른 건 부탁 안 할게. 이거 딱 하나만. 응, 오빠?"

어느새 미란이는 재기발랄하던 두 눈에 눈물을 가득 머금고 있었다. 날 올려다보며 애처롭게 의지하는 그 모습이 어찌나 내 마음을 안타깝게 하던지.

"좋아, 그 정도는 내가 어떻게 힘써볼게."

결국 난 그 부탁을 승낙하고 말았다.

"고마워. 정말… 고마워, 오빠."

그리고 수진이는 몸을 떨며 말없이 흐느끼기 시작했다.

난 어린 수진이의 등을 꼭 감싸주었다.

"수진아."

어느새 다가온 미란이도 나와 수진이를 꼭 감싸 안고
는 같이 슬퍼하며 울기 시작했다.

그날 바로 난 쌍칼 형에게 전화해 모든 사정을 설명한
후 사진을 비롯 신원에 관한 정보들을 보내서 수진이 아
빠에 대한 수소문을 시작했다.

말 그대로 세계 조폭계를 양분하는 3대조직 중 하나가
발 벗고 나서는 일이었다. 사정을 안 대모님도 오비파와
앤드리스에 관련된 일이니 좌시할 수 없다며 도움을 주
셨고, 그렇게 작은 한반도 땅덩이를 수많은 조직원들이
샅샅이 뒤지기 시작했다.

그렇게 삼 일이란 시간이 흘러서 난 결과를 전해 들을
수 있었고, 참담함에 한숨을 내쉬어야 했다.

"흑흑."

수진이 아버지의 시체는 경기도의 한 작은 여관에서
발견되었다. 여관 주인의 제보에 의해 조직원들이 찾아
냈는데, 수진이 아버지는 허리띠로 목을 매 자살을 한 상
태였다. 처음엔 이 사실을 어떻게 알릴까 고민했지만 결

국 알아야 할 일이었기에 난 눈을 딱 감고 이 사실을 수진이에게 통보해 주었다.

수진이 어머니와 수진이는 정신적으로 큰 충격을 받고 실신을 해 인근 병원으로 옮겨졌다.

두 사람은 며칠간 정신을 차리지 못했고, 잠깐 깨어났다가도 가엾게 죽어버린 아버지, 또는 남편의 이름을 부르며 울다가 탈진해 또다시 기절을 하는 일을 반복했다. 결국 친척들에 의해서 장례식이 주도됐고, 가까스로 정신을 차린 수진이 모녀가 장례식장에 모습을 드러내 주위 사람들을 더욱 안타깝게 했다. 큰 충격 탓에 그간 너무도 핼쑥해져 버린 것이다.

장례식과 화장이 끝난 후 수진이 아버지의 유골은 납골당에 모셨다. 장소는 아이러니하게도 민아가 안치된 바로 그곳이었다.

사정을 알게 된 친척들은 건물을 파는 등의 일에 착수하기 시작했다. 그사이 나는 수진이와 그 어머니를 일단 우리 집으로 초청한 뒤, 두 분이 살 만한 집을 마련하기 위해 인근의 부동산을 돌아다녔다. 사실 내가 살고 있는 근방은 어떤 곳이든 땅값 자체가 비싸기에 전세도 만만치 않았다. 하지만 그런 일에 돈을 아끼고 싶지 않았고, 두 여자가 살 집이었다. 비록 전에 살던 집만큼은 안 될

지라도 난 편히 생활하기에 부족함이 없는 집을 구해주
려 애썼고, 그 결과 편안하고 포근한 목재형 인테리어의
서른 평 빌라를 구할 수 있었다. 그렇게 소모된 돈이 정
확히 칠억 가까이 되었다.

칠억.

엄청나게 큰돈이었다.

그저 동정으로 쉽게 배풀 수 있는 금액은 아니었다.

하지만 이것은 그냥 주는 돈이 아니다.

반드시 수진이와 미란이 나 이렇게 셋이 연예계에서
성공하여 나중에 미란이에게 기분 좋게 받아낼 것이다.
그렇기에 난 아무렇지 않게 거금을 내놓을 수 있었고, 수
진이 역시 두말하지 않고 돈을 받았다. 다만 수진이 어머
니가 너무도 미안해하고 고마워하며 어쩔 줄 몰라 했지
만 난 웃으며 안심시켜 드렸다.

그렇게 시간이 흘러 수진이와 어머니도 천천히 안정을
되찾아가는 듯했지만 아직 끝난 건 아무것도 없었다.

고민하던 난 한 가지 결단을 내리고는 즉시 대모님에
게 전화를 걸었고, 곧 다시 적호문으로 찾아가게 되었
다.

“불가.”

"대모님!"

"아무리 네 일이고 네가 아끼는 동생의 일이라고는 하지만 그런 일에 조직의 피를 흘릴 수는 없다. 비록 강남에 한해서라고는 하지만 우리가 파악한 오비파의 힘은 크다. 차라리 네 아비가 준 돈을 사용해 나머지 돈을 갚아 일을 끝내든가 하는 게 효과적일 것 같구나."

"하, 하지만……."

"무엇보다도 너는 내 뒤를 잇지 않겠다고 하지 않았더냐? 그리고 조직의 문규상 조직의 가족도 아닌 사람을 위해 힘을 쓸 수는 없다. 가족이 아닌 건 너 역시 마찬가지. 넌 나와 피가 이어져 있긴 했지만 조직의 가족은 아니다. 그러니 더 이상의 도움은 바라지 말거라."

대모님의 말은 단호했다.

하지만 난 이대로 물러설 수 없었다. 사실 말 그대로 내 돈을 이용해 빚을 갚으면 간단하지만 난 그러고 싶지 않았다. 그 돈은 단순히 용돈이라기보다는 처음으로 우릴 버렸다고 생각한 아버지의 애정의 증표였다. 그것을 오비파라는 재수없는 것들에게 건네주고 싶지 않았다.

무엇보다도 그들은 아버지, 삼촌들이 많은 것을 희생해 가며 맞서 싸우고 있는 적의 주구가 아니던가?

"하지만 수진이 아버지를 찾는 일에는 도움을 주셨잖

아요!"

"그건 피를 흘리는 일이 아니었지 않느냐? 그리고 네 덕에 아무런 피해 없이 압구정을 청소할 수 있었으니 그에 대한 보답을 해준 것뿐이다. 뭐, 정 도움을 얻고 싶다면 방법이 있긴 한데… 그건 유빈이 너도 잘 알고 있겠지?"

"끄응."

대모님은 의미심장하게 웃었고, 난 곤란함에 큰 한숨을 내쉬었다.

지금 이모는 공식으로 적호문을 이으라 권유하고 있는 것이다.

지금까지는 잠정적이었다고는 하지만 내가 나서서 계승식을 치르게 된다면 난 공식적으로 적호문의 소가주 자리에 앉게 된다. 물론 아직 대모님과 용운이 삼촌, 쌍칼 형이 건재하기에 내가 바로 조직을 잇는 일은 없다. 아마 10년이 넘어도 내가 가주로 승계될 일은 없을 것이다. 하지만 공식적으로 계승자가 된다는 것은 여러모로 큰 의미를 내포하고 있기에 망설일 수밖에 없었다.

사실 내가 망설이는 건 단순히 이러한 이유 때문이 아니었다.

대모님은 아까 아무리 가주라도 피를 흘리는 일에는

조직 내 가족의 일이 아닌 이상, 그리고 그 위치 여부를 따졌을 때 합당한 일이 아닌 이상 나설 수가 없다고 했다.

그럼 대모님이 말하는 건 바로 이것이었다.

수진이를 우리 가족으로 만들어 그런 일을 감내할 수 있을 정도의 위치에 올려놓는 것.

그리고 그것이 의미하는 바는 단 하나, 나와 수진이의 결혼을 이야기하는 것이다.

사실 수진이 정도면 나쁜 정도가 아니라 넘칠 지경이 긴 하다.

마음씨 착하지, 배려심도 많다. 거기에 머리도 뛰어나고 의리도 있어 남의 신의를 배반하는 짓은 죽어도 싫어한다. 그것뿐이 아니다. 사실 연예계에 데뷔한다고 했을 때, 다른 것 다 필요 없이 외모로만 톱스타가 될 수 있는 사람이 있다면 그게 바로 수진이었다. 미란이도 예쁘긴 하지만 여러 가지 면에서 수진이에게 좀 밀리는 건 기획사 내부에서도, 그리고 우리끼리도 은연중 인정하는 사실이었다.

마침 수진이도 날 좋아한다 했고 내가 그간 해준 일들로 이제는 하루라도 내가 곁에 없으면 무척 불안해하며 어쩔 줄을 몰라 한다. 나 없으면 아무것도 못하게 되어버린 것이다. 어머님도 날 좋게 생각하고 있으니 청혼한다고 뺨을 맞거나 거절당하는 일은 없을 것 같다.

그런데도 망설여진다.

내 마음은 둘째 치고, 내가 아직 파악하지 못한 다른 이유 때문에 망설여진다.

내가 대답을 못하자 대모님이 내 마음을 꿰뚫어 봤다는 듯 미소 지으며 말했다.

"혹시 미란이라는 아이 때문에 그러냐? 그것도 걱정하지 말거라. 아무리 부정해도 적호문은 치외법권 지역. 적어도 가주라면 삼처 사첩도 가능하다. 그 아이도 네가 데리고 살면 되는 일 아니냐?"

그래, 원인은 바로 미란이었다.

민아가 죽고 연예계에 나서며 남자를 불신하게 된 미란이.

그런 미란이 역시 나를 좋아하고 있다.

사실 이제까지는 미란이나 수진이나 그저 동생으로만 생각하고 있었다. 그런데 최근 많은 일을 겪으면서, 그리고 함께 있는 시간이 많아지다 보니 서로 간에 보는 눈빛이 어색해지기 시작한 건 사실이었다.

나야 두 사람을 동시에 아내로 맞이할 수 있다면 더할 나위 없이 좋겠지.

하지만 문제는 세상에 어떤 여자가 그걸 순순히 허락하겠느냐는 것이었다.

미치지 않고서야 한 남자에게 동시에 시집가겠다고 하는 건 불가능한 일이다.

아, 정말 대모님은 괜히 그런 소리를 해가지고 사람 아쉽게 만들고 그래?

괜히 이상한 생각 하게 돼버렸잖아!

"호호, 한번 잘 생각해 보거라. 뭐, 사실 오비파의 일만 해결한다면 네 힘으로 연예계의 정상에 오르든, 그래서 네 전 여자 친구의 못다 한 꿈을 이루고 복수를 하든 알아서 하면 될 것 아니니? 네 자존심은 내가 잘 알고 있다만 내 제의는 절대 네 가치관에 위배되는 일이 아니란다. 넌 귀찮은 적을 제거하고 일을 해결해서 좋고, 난 확정된 후계자 덕분에 마음 편해져서 좋고. 누가 그러더라? 이것을 두고 윈윈전략이라고 한다지?"

"그건… 하아."

틀린 말은 아니다.

애초 내가 연예계에 발을 담그기로 한 목적이 무엇이던가?

"잘 생각해 보거라. 아, 그리고 그 아이들을 데려와 보는 게 어떠냐? 앞으로 너와 일을 같이할 아이들이라는데 적어도 내게는 얼굴 정도는 보여줘야 하지 않겠니?"

"애들이 경기를 일으킬 텐데요?"

"끝까지 숨기면서 아이들을 속이는 것보다는 낫겠지. 그리고 네가 생각하는 게 무엇인지 알겠다만, 난 대모님이기 이전에 네 이모할머니이고 네 친할미의 친자매란다. 이곳은 우리 집안이 대대로 이어온 곳이고. 이곳도 네 모습의 일부이고 본가 쪽도 네 모습의 일부란다. 그 모든 것을 이해하고 겸허히 받아들일 수 없는 아이들이라면 오래가지 못할 관계라고 생각하는데, 어떻게 생각하니?"

"……."

"호호호! 잘 생각해 보거라. 즐거운 마음으로 네 답변을 기다리마."

"…또 올게요."

난 복잡한 심경으로 자리에서 일어섰다.

내실을 벗어나는 나의 귓가에 분재를 다듬는 날카로운 가위 소리가 들려왔다.

난 착한 놈이 아니다.

그러나 적어도 내 것은 어떤 희생을 각오한다 해도 지키고 싶어하는 욕심 많은 놈이다.

하나를 선택하기 위해선 하나를 포기해야 한다?

난 그 말도 별로 좋아하지 않는다.

남의 선택에 의해 좌우되는 것을 죽기보다도 싫어하고 고정관념에 얽매이는 것도 싫어한다.

사회적으로 조직 폭력배는 결코 좋은 게 아니다.

나도 그것을 인정한다.

조폭의 수장. 그것도 세계적인 규모의 거대 단체의 수장이 된다는 건 겉보기만큼 아름답고 멋있는 일이 아니다. 남들이 아는 것보다도 더욱 비정한 일들을 겪게 되고 일반 사람들은 상상도 못하는 그런 일들을 자행해야 한다.

어떤 의미로 조폭의 수장은 과거 왕권시대의 왕과 같은 존재다.

내 한마디에 수많은 이의 인생이 좌우된다.

어려서부터 내가 자라왔고 봐온 세계다. 그것에 실린 무게는 누구보다도 내가 잘 알고 있다.

하지만 난 그 길을 가고자 한다.

어려서부터 암중으로 마음에 두고 있었고, 그래서 본 가보다는 이쪽에 더 정을 주고 있었지만 직접적으로 나서지는 않았다. 동기가 부족했던 것이다. 날 마음먹게 할 결정적인 동기.

하지만 미약하게나마 그것이 주어졌다.

다시 말하지만 난 더 이상 아버지의 용돈은 쓸 마음이 없다. 내가 집을 산 것은 아버지의 마음에 대한 답례였다. 내가 거주할 집. 집이란 예로부터 내 모든 것을 편히 내려놓을 수 있는 것을 뜻한다. 아버지의 돈으로 난 크고 화려한 집을 샀고, 아버지의 마음을 받았음을 보여주었다.

그랬으니 더 이상은 안 된다.

남은 돈으로 사치를 부리고 싶지도 않다. 아버지가 힘겹게 번 돈이고, 보고 싶은 마음을 억눌러 보내준 마음의 증표였다. 물론 용돈이 또 올지도 모른다. 하지만 난 어지간해서는 그 돈을 저금해 두고 절대로 사용하지 않을 생각이었다.

당장 내 생활로 내가 감당할 수 있는 돈이 아니었기 때문이다.

그러나 내가 장성하고 후에 이런 액수쯤은 거뜬히 감당할 수 있는 사내가 되었을 때, 그리고 아버지를 만나게 되었을 바로 그때 난 내가 받은 것의 배 이상으로 아버지에게 모든 것을 되갚아줄 것이다.

그동안 혼자 오해하며 미워하고 있었던 것들에 대한 사죄와 감사의 마음을 담아서 말이다.

그러니 절대 이 돈은 아버지가 적대하고 있는 그 조직의 개들을 위해 사용하면 안 된다.

아버지가 어떻게 번 돈인데, 죽어도 그딴 자식들을 위해 사용하지 않을 것이다.

"그러면 일단 두 사람을 만나봐야 되겠지?"

난 한숨을 내쉬며 핸드폰을 꺼내 들었다.

"무슨 일인데?"

"답답하게… 말 좀 해봐, 오빠. 무슨 일 때문에 그렇게 혼자 심각한 거야?"

커피숍으로 두 사람을 부른 난 한참 동안이나 쉽사리 말을 꺼내지 못했다. 결국 내가 중요한 할 말이 있음을 느낀 두 사람이 먼저 말을 꺼냈고, 난 계속 망설이다 에라 모르겠다는 심정으로 먼저 수진이에게 물었다.

"수진아, 넌 날 어떻게 생각하니?"

"…응? 그게 무슨 소리야?"

굳어지는 표정. 설마 잘못 들은 거 아냐? 하는 얼굴로 수진이는 내게 다시 물었다. 미란이 역시 굳은 표정으로 입술을 꽉 다물었다. 난 다시 물었다.

"나에 대해 어떻게 생각하고 있어? 솔직히 말해줘."

"왜 그러는지… 물어도 될까?"

"내가 최근에 결심한 게 있어서 그래. 그러기 위해서는 먼저 너희 두 사람의 진심을 들을 필요가 있거든. 어쨌든 솔직히 말해줘. 이유는 너희가 말한 뒤 알려줄게."

"그, 그게……."

그러면서 수진이는 슬쩍 미란이의 눈치를 봤다. 미란이는 굳은 표정으로 내게서 시선을 떼지 않았고, 그 모습이 마치 노려보는 듯해 왠지 가슴이 철렁할 정도였다. 곧 수진이가 손을 꼼지락거리며 푹 고개를 숙인 채 더듬더듬 말했다.

"나, 나야 뭐… 좋아하지."

"…제대로 확실하게 말해줘."

내 말에 수진이가 꽉 눈을 감았다. 그 모습이 귀여워 껴안아주고 싶을 정도였다. 곧 망설이던 수진이가 굳게 결심한 듯 고개를 치켜들며 내게 또박또박 말했다.

"…좋아한다고. 이미 알고 있으면서 왜 물어봐, 민망하게. 좋아해. 사랑해! 됐어?"

"음, 얼만큼?"

난 정말 진지하게 물었지만 수진이는 내가 장난한다고 생각한 모양이다. 내가 다시 한 번 정말 진지한 표정으로 묻자 그제야 수진이도 진지하게 대답했다.

"오빠가 없으면 불안해. 오빠 말고는 다른 사람 생각해

본 적도 없어. 이제 남자는 오빠밖에 안 보여. 사실 그동안 많이 고민했어. 내가 오빠를 좋아해도 될까… 내가 정말……."

곧 수진이는 깜짝 놀랄 만한 말을 내뱉었다.

"친구가 죽고 못살 정도로 사랑하고 있는 사람을 내가 좋아해도 되는 걸까… 하고 말이야."

"……!"

그 말에 미란이가 움찔하며 내게서 시선을 떼고 수진이를 바라봤다. 두 눈이 동그란 게 어지간히도 놀란 것 같았다. 수진이는 차라리 잘됐다는 듯 조심스럽게 숨을 고르더니 흔들리지 않는 목소리로 속마음을 털어놓기 시작했다.

"사실 처음 오빠를 만났을 때부터 미란이가 오빠 무지 좋아한다는 거 알고 있었어. 내가 바보도 아니고, 왜 모르겠어? 그건 좋아하는 감정을 넘어선 사랑이었지. 처음에는 그저 호기심일 뿐이었어. 그렇게 인기도 많았고 고백도 많이 받았던 미란이가… 겉보기에는 평범해 보이는 오빠를 왜 좋아할까 하고 말이야."

"……."

"긴말은 안 할게. 어쨌든 미란이도 나도 오빠 무진장, 엄청 좋아하니까 오빠도 이유를 말해줘. 난데없이 그런 건 왜 물어보는 거야?”

“그게…….”

난 잠시 고민했다.

이 자리에서 말해야 할 것인지, 아니면…….

시간은 길지 않았다. 난 자리에서 일어서며 말했다.

“오빠 따라와. 가볼 곳이 있으니까.”

난 결국 아이들을 적호문으로 데려가기로 했다.

두 사람은 대문에 도착한 그 순간부터 입을 다물지 못했다.

한국에 있는 곳이라고는 감히 상상도 하지 못할 정도로 거대한 정원과 저택이 존재했기 때문이다. 저택이라고 서양식 저택은 아니다. 철저하게 한국식이었고 정원을 꾸며놓은 양식 또한 전통적인 방식이었다. 한참을 걸어 자택 앞에 도착한 난 조심스럽게 말했다.

“대모님, 저 왔어요.”

“유빈이냐? 들어오너라.”

난 아이들에게 눈치를 주고 같이 자택으로 들어갔다. 정원 크기에 비해 자택은 그리 크지 않았고, 무엇보다도 건물이 여러 개가 있었기에 긴 절차를 거칠 필요가 없었다. 문을 열고 들어가면 바로 대모님의 방인 것이다. 그

주위로 식당 및 연회 전문 건물과 트레이닝 룸이 늘어서 있었다. 그곳에서 들려오는 우렁찬 기합 소리 탓에 두 아이가 깜짝깜짝 놀라는 게 느껴졌다.

문을 열고 들어가자 흰색의 고운 개량형 한복을 입은 대모님이 정좌로 앉아 있는 게 보였다. 우리가 그 앞에 바로 앉자 대모님이 진중한 표정으로 두 아이를 한참 동안이나 바라보았다. 무거운 공기가 내리눌렀고, 침묵이 길어질수록 두 아이는 점점 더 어쩔 줄을 몰라 하면서도 끝까지 예의를 잃지 않으려 자세를 바로 했다.

곧 대모님이 웃으며 내게 말했다.

"유빈아, 너는 잠시 나가 있거라."

이야기는 꽤 길어졌다.

난 대체 무슨 이야기를 나누느라 그러는지 궁금해 죽을 지경이었지만 엿들어보려 해도 도통 말소리가 들리지 않으니 그야말로 환장할 지경이었다.

결국 포기하다시피 한 나는 정원을 돌아다니며 시간을 때우기로 했다.

트레이닝 룸에 놀러 가볼까도 생각해 봤지만 나 심심하다고 운동에 열중인 사람들을 방해하는 건 아닌 것 같아 포기하기로 했다.

하아… 답답하다, 정말.

요즘 들어 내 인생이 왜 이렇게 꼬이는 건지, 정말 처음에 내가 집을 나와 독립했을 때에는 거창한 생각으로 무언가를 해보겠다고 생각해서 나온 게 아니었다. 그저 내 힘으로, 평범한 생활을 영위하며 고등학교를 졸업하고 괜찮은 대학교를 나와 내 인생을 개척하겠다는 게 목표였다.

하지만 민아와 사귀게 되고, 정확히 말하면 민아의 죽음을 접한 이후 모든 게 급변하기 시작했다.

원하지 않던 연예계에 들어오게 되었으며, 아버지가 큰 적과 맞서 싸우고 있었다는 새로운 사실을 알게 되었다.

참 이상한 일이었다.

절대 풀리지 않으리라 생각했던 아버지에 대한 분노가 편지 한 장에 눈 녹듯 사그라졌으니 말이다.

이제 나는 매니저가 되어 스타를 키워야 할 입장에 서게 되었고, 그것도 모자라 앤드리스와 오비파라는 거대한 적을 맞아 피치 못할 사정으로 두 아이와 이상한 방향으로 엮이게 되었다.

물론 외향적인 것도 있지만 내 이상한 고집 때문에 벌어진 일들이었다.

막말로 내가 민아에 대해 완전히 마음을 접고 장례식장에 달려가지 않았다면, 아니, 이상한 일이 있었다는 것을 알았으면서도 내 일이 아니라 생각하고 무시해 버렸으면 지금 여기까지 오지 않았을지도 모른다. 그렇다고 후회하는 건 아니다. 어쨌든 내 선택이었고 내가 그리했든 나로 인해 다른 사람이 피해를 본 것은 없었으니 말이다.

오히려 득이 되었다면 모를까.

예정대로 길거리 공연도 해야 하고 한 달 약속을 지킨 후 수겸이 삼촌에게 인정도 받아서 스케줄도 따내야 하는데 대체 이게 무슨 상황인지 모르겠다.

기획사는 이제 공중분해될 처지이고 미란이와 나는 소속사도 없는 처지가 되고 말았으니 그나마 데뷔 앨범을 만들어놓은 것이 어떤 의미로는 다행이라고 해야 할까? 한데 그조차도 노래와 춤을 보여줬던 지인들 모두의 반응이 탐탁지 않으니 아무래도 손을 좀 대야 할 듯싶었다.

그때였다.

—띠리리리리.

낮게 울리는 익숙한 벨소리. 미란이었다.

—오빠 어디야?

"아, 지금 정원 여기저기 돌아다니고 있는데, 왜? 이야기 끝났어?

─응. 빨리 와, 오빠.

"알았어. 곧 간다."

전화를 끊은 난 즉시 대모님의 자택 앞으로 달려갔다. 대체 무슨 말을 했기에 이렇게 오랜 시간이 걸린 거야? 물어봐야지.

"아, 오빠."

"어딜 싸돌아다녀? 좀 앞에 붙어 있지. 집에 간 줄 알았잖아!"

"아, 미안미안. 시간이 좀 오래 걸렸잖아."

내가 가자 이미 자택 앞에는 신발을 신고 두 아이가 나와 있었다. 내가 가자 마치 짠 듯 내 양옆을 점하고 선 두 아이는 동시에 내 팔 하나씩을 붙잡은 뒤 말했다.

"가자."

"응? 가자고? 어딜?"

"어디라니, 슬슬 해야 할 일이 있잖아."

"아, 아니, 그것보다는 안에 들어가서 나도 대모님 좀 뵈야……."

"됐다. 그만 돌아가서 볼일 보거라."

그때 안에서 들려오는 음성.

난 기가 막혀 닫혀 있는 문을 바라보았다. 수진이가 내

옆구리를 툭, 치며 말했다.

"거봐. 빨리 가자. 그동안 준비한 거 있다며? 기한도 얼마 안 남았는데 빨리 미션을 해결해야지."

"맞아. 가서 별 볼일 없는 기획이면 각오해. 나 이제 KS 엔터테인먼트 대표란 말이야."

"야, 야! 그럼 무슨 이야기를 했는지만이라도……."

"오빠가 신경 쓸 일 아냐. 빨리 가자니까."

"가자~ 가자~!"

뭐가 그리도 기분이 좋은 걸까?

난 발버둥 쳤지만 두 아이의 고집을, 정확히 말하자면 폭력을 당할 순 없었다. 옆구리를 비롯 이곳저곳을 꼬집고 때리며 대답하기를 거부하는 통에 난 듣기를 포기해야 했다.

대체 무슨 이야기를 나눈 거야?

아아아악! 궁금해 죽겠다!

결국 우리는 건물을 팔고 말았다. 정확히 말하자면 건물을 팔긴 했지만 오비파의 요구처럼 그 돈으로 빚을 갚거나 한 건 아니었다. 적호문이 연루된 이상 그 적대 조직인 오비파에 도움이 되는 일을 선선히 해줄 수는 없었다.

결국 우리는 이전을 하게 된 것이다.

회사는 적호문의 영역 중에서도 대모님의 저택이 있는 곳에서 아주 가까운 곳이었다. 그것으로 수진이와 회사는 어찌 생각하면 세상에서 가장 안전한 곳에서 보호를 받게 되었지만 내 의문은 여전했다.

적호문의 도움을 받았다면 대모님의 제의를 아이들이 승낙했다는 건데, 그 후로 대모님에게서도, 그리고 아이들에게서도 아무런 연락이 없었던 것이다. 전화를 해서 물어봐도 대모님은 그저 웃기만 할 뿐, 나중에 아이들에게 들으라며 아무런 말씀을 하지 않으셨다. 정말 미치고 환장할 것 같았지만 모두가 입을 닫기로 작정을 한 이상 대답을 들을 수 있는 곳은 없다고 봐도 좋았다.

그러한 과정을 거치느라 한 달이라는 시간이 훌쩍 넘어버리고 말았지만 이미 사정을 전해 들은 수겸이 삼촌은 먼저 내게 전화해 한 달의 시간을 더 줄 테니 걱정하지 말라는 말을 전해주었다. 힘이 솟은 우리는 모든 게 안정을 되찾자 다시 일을 하기 시작했는데, 그에 앞서 또 처리해야 할 상황이 있었다.

바로 빈자리가 되어버린 KS엔터테인먼트의 대표에 대한 문제였다.

그것은 의외로 간단히 해결되었다.

두 아이가 나를 지목한 것이다.

한사코 거부했지만 반론은 용납 않는다는 듯 이전과는 비교도 할 수 없을 강경한 태도로 밀어붙이는 통에 어찌할 수가 없었다. 무엇보다도 회사를 살리는 데 들인 공이 제일 큰 사람이 나였기 때문에 살린 사람이 그 책임을 맡아야 한다는 데는 정말 할 말이 없었다.

그러고 보면 난 40억이라는 사채. 회사 입장에서는 부채가 되는 어마어마한 돈을 단번에 해결에 버린 사람인 것이다. 그렇게 해서 난 어린 나이에 사장의 자리에 오르게 되었다.

그렇게 사장 겸 매니저 겸 기획 이사가 되어버린 나였지만 모르는 것 투성이었기에 내가 어찌할 수 있는 방법은 없었다. 회사에 자금 여력도 없던 터라 돈 드는 기획도 할 수 없는 마당이었기에 난감한 것 투성이었다.

솔직히 막 고 2가 된 녀석이 아무리 좀 세상에 대해 알고 경험이 있다곤 해도 그래 봤자 어디 가겠느냐, 이 말이다. 아무리 뛰어나 봐야 고 2이고 철없는 병아리들이지.

난 그렇게 생각했지만 미처 생각지 못한 게 있었다.

철없는 고딩 주제에 알 건 다 아는, 적어도 회사 경영이나 이런 쪽에선 천재로 소문난 녀석들이 엄연히 존재하고 있다는 것이었다.

바로 내 쌍둥이 동생인 선우와 현정이었다.

어느 날 갑자기 찾아온 두 사람에 의해 세 사람밖에 없는 회사는 완전히 뒤집어져 버렸다.

"이게 인수인계 서류야? 엉망이군. 뭐, 상관없겠지. 어차피 모두 재개편해 버리면 되니까."

"헤~ 이런 회사가 부도 안 난 게 이상할 정도다. 이건 뭐, 거래처들도 그렇고 자금 관리도 그렇고… 에이, 새로 해야 할 것 투성이네."

그날도 사장실에서 난 머리를 싸매고 있었다. 이유인즉, 더 참신하고 새로운 게 필요하다는 수진이와 미란이의 연이은 구박에 처음부터 새로 짜야 했던 것이다. 대체 진부하고 고리타분하다는 욕을 얼마나 많이 먹었는지, 그것 때문에 애초 기획을 짜놓고 운영 공부를 해나가겠다는 내 의지는 완전히 틀어져 버린 상태였다.

그때 바로 선우와 현정이가 등장했다.

사장실을 노크도 없이 박차고 들어온 두 사람은 당연하다는 듯 대표석에 앉더니 모든 테이블 안의 서류를 꺼내 버렸다. 현정이는 컴퓨터를 점하고 앉아 누가 가르쳐주지도 않았는데도 순식간에 비번을 풀어버리더니 업무를 시작했다.

놀라운 건 수진이와 미란이의 반응이었다.

미리 알고 있었다는 듯 아주 태연하게 자리에서 일어서더니 두 사람의 지시에 아무 말 없이 따르기 시작한 것이다. 기가 막혀 멍하니 있던 나는 파도처럼 밀려오는 황당함에 못 이겨 그만 빽! 소리를 질러 버렸다.

"뭐, 뭐야, 너희들? 아무 예고도 없었잖아!"

"흠, 대모님과 엄마가 하도 닦달하는 통에 어쩔 수 없었어. 우리라고 뭐 이런 후진 회사 뒷바라지하고 싶은 줄 알아?"

"맞아. 사정은 다 전해 들었고, 오빠 애인들에게 양해도 다 구해놨어. 관리하는 거 싫어서 집 뛰쳐나간 사람이 대표 자리 맡아봤자 허수아비만 될 뿐이지. 오빠, 이런 쪽으로는 하나도 교육받은 거 없잖아?"

"그거야 그렇지만… 공부하면서 하려고 그랬어!"

"참 안일한 생각이군. 형은 조용히 하고 앉아 있든가 나가서 아이스크림이라도 사 먹고 있든가 해. 방해되니까."

"맞아."

"그것도 그렇네? 어차피 할 일 다 끝났으니 오빠 좀 나가 있는 게 어때?"

"나가, 나가. 오빠, 수고했으니 좀 쉬어. 알았지?"

결국 난 네 명의 강압에 의해 강제로 사장실에서 쫓겨나게 되었다.

뭐, 뭐야?

언젠 나보고 사장 하라더니 그새 쿠데타냐!

으헝! 나 사장 안 해!

말은 그렇게 했지만 얼마나 다행인지 모른다.

가장 중요한 건 선우와 현정이가 나에 대한 미움을 풀어버렸다는 것이다. 일반적인 상황이라면 난 크게 화를 냈겠지만 아무래도 좋았다. 무엇보다도 예전에 느껴졌던 악의는 조금도 찾아볼 수 없었고, 무엇보다도 선우와 현정이의 말에 확실히 동의를 하기 때문이었다.

아무것도 모르는 나보다는 그쪽 방면으로는 이미 전문가 뺨치는 두 사람이 운영하는 게 분명 더 좋다.

무엇보다도 두 아이는 내가 너무도 사랑하는 내 친동생들이었고 능력에 한해서는 누구보다도 믿을 수 있는 이들이었다. 이제 회사를 두 아이가 맡게 되었으니 다른 문제로 걱정할 건 없겠다는 생각이 들었다.

그간 나는 열심히 공부해서 물려받을 준비를 하면 되는 거고, 두 아이는 본가의 가업을 물려받기 전 마지막 현장 실습이라고 생각하면 된다. 사실 그것이 맞는 말이기도 하고 말이다.

어쨌든 그렇게 중요한 문제들이 두 아이에 의해 해결되자 난 최종 수정에 박차를 가했다.

그날 저녁, 기획서가 모두 완료되자 우리는 바로 회사 사무실에서 연습을 시작했다.

벌써 일주일이라는 시간이 흘렀다.

남은 시간은 삼 주.

어떻게 보면 짧고 또 어떻게 보면 긴 시간이다.

하지만 급해서는 안 된다.

한 방에 터뜨려야 한다.

그러지 못하면 공연 자체의 신선도도 떨어지거니와, 그 효력이 다해 아무리 인터넷에 올린다 해도 그리 신선하지 못할 것이다. 그러기 위해서는 연습! 기획은 다 짜여졌으니 연습만 필사적으로 하면 된다.

마지막 날의 한 방.

그것을 위해 삼 주라는 시간을 사용한다.

그게 우리의 기획이었다.

그간 나는 그간 공부했던 것들을 바탕으로 곡 작업실에서 미란이의 모든 곡을 전체적으로 손보기 시작했다.

지루하거나 전혀 감이 오지 않는 곡들은 단호하게 삭제해 버렸다. 안무 구조도 좀 바꾸고 기존의 괜찮은 곡들조차도 내 방식대로 모두 편곡해 버렸다.

사실 음악에 대해 감각만 있고 어느 정도 공부가 되어 있다면 이미 만들어진 곡을 주무르는 것 자체는 그다지 어렵지 않다. 난 그동안 할아버지와 피 터지도록 싸워가며 음악 공부를 했고, 그 후로도 틈이 나는 대로 음악을 듣고 또 감각을 키웠다. 각 장르별로 내 나름대로의 패턴도 만들어봤고, 짧게나마 수많은 가상 악기들 속에서 자주 사용할 것 같은 좋은 음원들을 모아두었다.

사실 이 모두가 할아버지의 도움이 없었다면 불가능했을 것이다.

어렸을 적 피아노와 악기를 어머니의 강요로 배운 탓에 화성악 등에 어느 정도 지식은 있었지만 정작 중요한 것들은 배우지 않았거나 아니면 까맣게 잊고 있었기 때문이다. 할아버지는 정말 중요한 알맹이들만을 가르쳐주셨다. 물론 시간이 짧았기에 작곡은 좀 어려웠지만 기본적인 편곡 작업은 간단했다.

그나저나 진짜 할아버지랑 레이첼은 어디로 갔는지 보이지 않는다.

이모도 한 번 머물더니 우리 집에 두 번 다시는 오지

않고. 이 사람들이 말도 하지 않고 대체 어디로 간 거야?

난 바로 전화를 걸었고, 수겸이 삼촌에게서 세 사람은 다시 외국에 나갔다는 말을 들었다.

아버지를 만나러 갔다는데, 제길! 그런 일이 있으면 나도 좀 데리고 가지 어째 아무런 말도 안 하고 그냥 말없이 가버리냐? 와, 진짜 해도 너무한다.

그렇게 시간을 보내고 있을 때, 정확히 2주차 되는 날 나에게 한 장의 편지와 소포가 도착했다.

그것은 아버지가 두 번째로 보낸 편지였다.

요즘 고생하고 있다는 소문을 들었다.

매니저라… 뭐, 너도 이제 다 컸으니 알아서 잘하리라 믿는다.

그리고 혜정이를 통해 노래와 춤이 어떤지 대략 전해 들었는데 참 난감하더구나.

그래서 작업한 곡들 중 하나와 같이 있는 친구의 도움을 빌려 안무 녹화가 된 것을 보낸다. 영상에서 음악에 맞춰 춤을 추고 있는 흑인 여성이 내 동료이니 화면 보고 이상하게 생각하지 말기를 바란다. 난 아직도 네 엄마뿐이거든. 히히히!

누가 뭐라 그랬나?

난 어이없어 머리를 긁적였다.

그나저나 곡이라… 이 작은 소포 안에 곡과 안무가 들어 있다는 거야? 난 아주 작은 박스를 흔들어봤지만 아무런 소리도 나지 않았다. 거기에 가볍기까지 했으니. 하긴 뭐, 시디 한 장이면 어지간한 파일 저장은 끝나는 시대이니 그럴 수도 있겠구나.

난 계속해서 글을 읽었다.

프로그램 파일로 보내니 해당 프로그램으로 오픈만 하면 된다. 아, 네가 어떤 성격이고 무슨 생각을 가지고 있는지 다 아는데, 이건 아버지의 두 번째 선물이다. 안 받으면 정말 정말 섭섭할 것 같으니 받아주기를 바란다. 사랑하는 아들을 생각해서 무척 신경 써서 만든 곡이다. 안무도 하기 싫다는 친구 녀석을 억지로 채근해 나온 결과물이니 어디 가서도 꿀리지는 않으리라 생각한다.

아버지가 보내주셨다면 이건 꿀리는 정도가 아닐 텐데……. 모르긴 해도 작곡자가 밝혀진 즉시 세계적으로 난리가 날 것임에 틀림없었다. 아버지가 누구던가? 전설적인 탑 뮤지션 강수호가 아니던가? 신인이 관심을 모으기에 가장 좋은 방법 중 하나는 아무래도 좋은 곡을 사람들에게 들려주는 것이다.

가수는 역시 노래를 들려주는 직업이니 말이다.

아무리 퍼포먼스니 언론 플레이니 한다고 하지만 역시 대중은 본질을 잊지 않는다.

거기에 더해 근 십여 년간 갑자기 자취를 감춘 이후 그 행적조차도 보이지 않던 아버지가 뜬금없이 한국이란 작디작은 나라의 웬 듣도 보도 못한 기획사의 신인에게 곡을 줬다고 하면 그 파장은 아마 내가 생각한 것 이상으로 클 것임에 분명했다.

물론 단순한 작곡 실력이나 감각으로는 수한이 삼촌을 따라올 수 없긴 하지만 아버지는 그동안 나타나지 않았다는 희소성이 있으니… 음, 그러고 보니 수한이 삼촌 생각을 못했네. 그냥 정식 절차를 밟아 돈 주고 곡을 사면 뭐 문제될 것 없잖아? 와, 나 정말 바보 아냐?

난 스스로를 자책하며 다음 이어지는 글을 읽었다.

그리고 편지를 찢어버릴 뻔한 충동을 느껴야 했다.

…후, 그리고 아버지에게 대략 이야기 들었는데… 너 상당한 꼴통이라며? 기초 화성학이랑 이론들을 가르치는데도 속 터져 죽는 줄 알았다고 하던데. 거기에다가 노래도 완전 꽝이라고 하

더라? 개선의 여지가 없을 정도라던데? 후우, 아들아. 내 자랑이 아니라 우리 강씨 가문, 대대로 노래 하면 어디서도 꿀리지 않는 가문이었는데 먹칠이란 먹칠은 네가 다 하게 되는구나. 사실 그 소리가 듣고 네가 내 아들이라는 사실이 믿기지도 않았고, 창피하기도 했단다.

왜 사냐?

너, 성을 권 씨로 바꾸고 다닌다며? 집안이 알려져 관심 끄는 거 싫다고.

아주 잘한 선택이야.

혹 연예계에 데뷔하는 일이 생기더라도 어디 가서 절대 내 아들이라는 사실은 밝히지 말거라.

진심으로 네가 창피하다.

자기가 무슨 상관이야? 잘 부르도록 도와준 것도 하나 없으면서.

열이 뻗쳐올랐지만 참아야 했다.

이 자리에 없는 아빠에게 화내봤자 나만 바보될 건 뻔할 뻔자가 아니던가?

어쩌면 화내는 날 생각하며 또 한 번 비웃고 있을지도 모르는 노릇이다.

울컥하던 마음을 애써 가라앉히며 난 마지막 글을 읽

었다.

　난 너를 계속 주시하고 있다.

　음, 이러면 좀 스토커 같긴 하겠지만 그래도 아들의 근황이 궁금한 건 어쩔 수 없잖니? 넌 내 아들이다. 우리 예쁜 애인 다음으로 사랑하고 아끼는 내 아들. 두 번째라고 섭섭한 건 아니지? 어쨌든 집이 어떤 곳인지도 잘 봤으니 나중에 모든 일이 해결되면 내가 돌아가 쉴 곳을 잘 준비해 두거라. 본가는 좀 너무 크고, 그래서 불편하거든. 너도 그렇지? 하하하! 그럴 거야. 왜냐면 넌 내 아들이니까.

　어쨌든 매니저 첫 데뷔, 반드시 성공하기를 빈다.

　더불어 네 꿈도 꼭 이룰 수 있기를 빈다.

　그리고 이런 식으로 돕는 것은 이게 처음이자 마지막이 될 것이다.

　비록 꼴통 같은 머리라지만 그래도 계속 노력하다 보면 너도 언젠가는 훌륭한 프로듀서 겸 기획사 사장이 될 수 있고 한국 연예계, 가요계의 거목이 될 수 있으리라 믿는다. 네가 바라는 깨끗한 사회를 기대하며 이만 줄인다.

아프리카 대륙의 어느 난민촌에서

멋지고 자상한 아빠가.

그리고 편지 안의 사진에는 너무 굶은 탓에 애처로울 정도로 말라 버린 흑인들과 아버지가 밝게 웃고 있었다. 흑인 꼬마들은 모두 옥수수나 먹거리들을 들고 정신없이 먹고 있었는데, 그 모습을 보며 난 비로소 아버지가 하고 다니는 일이 무엇인지를 알 수 있었다.

소포를 꺼내보니 한 장의 시디가 있었다.

난 그것을 품에 안고 회사로 향했다.

"자자, 뭣들 하고 계시나?"

사장실로 들어가자 선우와 현정이가 전화 통화를 하며 업무에 열중인 모습이 보였다. 한참을 기다려서야 통화가 끝났고, 두 사람은 자리에서 일어나 내가 앉은 소파 맞은편에 앉았다.

"바쁘지?"

"후, 정신없더라. 할 일이 왜 이렇게 많은지. 하여간 이전 사람들이 일을 좀 잘해놨으면 우리가 이 고생 안 해도 되잖아? 오빠는 뭐 했어? 제대로 관리하지도 못하고!"

"그, 그걸 나에게 뭐라고 해봤자… 하하!"

갑자기 나에게 돌아오는 화살에 난 어색하게 웃었다. 선우는 고개를 저으며 안경을 벗고는 역시 무표정으로 내게 말했다.

"한창 바쁠 텐데 어쩐 일이야?"

"아, 너희들에게 꼭 보여주고 싶은 게 있어서. 자, 이거."

난 품에 넣어놨던 시디를 선우에게 건네주었다.

선우는 공시디를 받아 들곤 눈살을 찌푸리며 반문했다.

"뭔데?"

"아버지가 보낸 시디야. 일단 틀어봐."

"…아버지가? 흐음."

선우도 구미가 당겼는지 즉각 일어서서 시디를 컴퓨터에 넣고 모니터를 우리 쪽으로 돌렸다. 시디 드라이버에 들어가자 하나의 파일이 보였고, 선우는 그것을 더블 클릭하며 나지막이 중얼거렸다.

"누엔도 3라니… 아직도 이런 구시대 유물적인 프로그램으로 작업하는 사람이 있었나? 아버지도 참… 다행히 훨씬 윗 버전이 깔려 있어 호환은 될 것 같아."

"그래. 근데 사장실에는 왜 그런 작곡 프로그램이 깔려 있는 거야?"

"연예 기획사의 사장이라는 사람이 그런 것도 몰라서야 말이 안 되지. 작곡가들이 보내는 파일 형식 대부분이 작곡 프로그램 파일들이라 어쩔 수 없었어.”

“아, 그렇구나.”

그런 거 보면 선우도 말은 귀찮다느니 어쨌다느니 했지만 이곳 사장 대리를 맡기 위해 적잖이 준비를 했다는 것을 알 수 있었다. 사실 거대 기업을 맡아야 할 선우가 작곡 프로그램 같은 것을 공부할 이유는 어디에도 없었기 때문이다.

짜식, 이거 보면 볼수록 귀여운 면이 많은데?

“으이구! 예쁜 놈!”

“뭐, 뭐야? 저리 비켜!”

결국 난 무표정의 선우에게 날아가듯 다가가 헤드록을 걸고 거칠게 머리를 비벼줬다. 선우는 크게 당황하며 어쩔 줄 몰라 했지만 난 쉽게 놔줄 생각이 없었다. 그야말로 거의 십여 년 만에 보는 귀여운 모습이었기에 나도 나 자신을 주체할 수 없었던 것도 있었다.

“아, 정말! 좀 비켜봐! 영상 좀 보자!”

결국 현정이의 외침 때문에 난 입맛을 다시며 떨어져야 했고, 선우는 날 매섭게 노려보며 헝클어진 옷과 머리를 정리했다. 곧 하나의 영상이 떠올랐고, 다름 아닌 아버지의 모습이 등장했다.

우리는 서로 아무 말 없이 영상에 집중했다.

아버지는 처음에 완성된 음악을 들려주었고, 곧 재차 음악을 틀어 하나하나 분리하여 편집 방식이나 부르는 방식 등에 대한 레슨도 해주셨다. 정말 놀랍도록 중독성 있으면서 퀄리티가 높은 곡이었다. 끝 부분을 모두 들었을 때 '이건 대박이다!' 라는 생각이 절로 들었으니 말이다. 거기에 아버지의 노래까지 곁들었으니……. 아마 나중에 이 영상이 유출되면 모르긴 해도 세계는 또 한바탕 뒤집어질 것임에 틀림없었다. 세계에는 아직도 아버지… 황제의 귀환을 기다리는 이들이 너무도 많았기 때문이다.

그렇게 곡에 대한 레슨과 소개 등이 끝나자 잠시 후 한 흑인 여자가 등장했다.

비록 흑인이었지만 짧은 핫팬츠와 탱크탑, 그리고 기다란 머리가 흑인임에도 범상치 않은 미모를 자랑하고 있었다. 몸매도 무척이나 탄력이 넘치고 섹시해 보여 난 비로소 아버지가 왜 오해 말라는 그런 이상한 소리를 했는지 이해할 수 있었다.

곧 음악이 흘러나왔고, 그녀의 춤이 시작됐다.

그녀 역시 직접 영어로 뭐라 뭐라 말하며 춤의 포인트가 되는 부분 등에 대해 세밀한 지도를 해줬는데 난 알아들을 수 없었지만 현정이와 선우는 말없이 고개를 끄덕이며 알아듣는 듯한 모습을 보였다.

　그렇게 아버지가 보내온 영상이 끝을 맺었고, 한참 무언가를 정리하는 듯하던 선우가 입을 열었다.

　"일단 형 애인들을 이곳에 부르도록 하지."

　"애인 아니라니까 자식이."

　난 툴툴대며 해드폰을 꺼냈고, 얼마 지나지 않아 미란이와 수진이가 트레이닝복 차림으로 나타났다.

　우리는 준비한 영상을 두 사람에게 보여주었고, 그녀들은 노래의 대단함이나 춤의 완성도 등에 놀라기 보다는 화면의 주인공을 보며… 그리고 그와 나의 관계를 알게 되며 그야말로 벼락같은 비명을 내지르며 한바탕 소동을 벌였지만 그것은 곧 가라앉았다.

　곧 트레이닝이 시작되었지만 난 두고두고 그 일로 두 아이들에게 불꽃 같은 갈굼을 감내해야만 했다.

　마침내 마지막 3주가 지났다.

　우리는 기획대로 연습해야 할 모든 곡을 그야말로 완벽하게 끝마쳤다.

　그중 일등 공신은 역시 미란이 본인이었다.

　미란이는 꼭 필요한 식사와 휴식을 취하는 것 외에는 잠도 아낄 정도로 미친 듯 연습에만 열중했다. 아무리 바보에 몸치라고 해도 그렇게 연습만 하면 실력이 안 늘 수 없을 것이다. 거기에 원래 좀 감각이 있던 미란이였으니 정말 실력이 급상승한 것은 당연한 결과였다.

사람이 죽기를 각오하고 연습을 하면 어떻게 되는지 우리는 두 눈으로 확인할 수 있었다.

그동안 기획사 이름도 KS엔터테인먼트에서 U·Bin엔터테인먼트로 바꿨는데, 난 결사반대했지만 강제로 밀어붙이는 통에 당해낼 수가 없었다. 아무리 그래도 내 이름을 그렇게 노골적으로 따다니, 세상에 그런 경우가 어디 있느냐 말인가? 흑, 쪽팔려라.

그렇게 예정 날짜는 점점 다가오기 시작했다.

간만에 휴식차 밖으로 돌아다니던 난 시내 중앙에서 한 무리의 사람들이 몰려 있는 것을 볼 수 있었다. 대부분 어린 남학생들이나 남자 청년들이었는데 꺅~ 하고 소리 지르거나 야단법석을 떨지는 않았지만 대강 행동들을 보니 관심있는 연예인 때문이라는 것을 알 수 있었다.

'누구지? 촬영이라도 있는 건가?'

"…네, 그래서 너무 오랜만이라 참 즐거워요. 밖으로 나와보지를 못했거든요."

어차피 시간도 남고 했던 터라 난 즉시 그곳으로 달려

갔다. 무리는 계속해서 움직이고 있었는데, 경로를 예측하고 자리를 점하고 있으니 자연히 무리 중앙에 끼어들 수 있게 되었다. 곧 나는 인기의 주인공들을 만날 수 있었고, 내가 아는 이들이라는 것에 깜짝 놀라고 말았다.

다름 아닌 나인 테일즈였던 것이다.

어쩐지, 웬 삼촌 팬들이 이렇게 많나 했다.

"자, 그럼 거리 데이트는 이 정도로 하고 이제 식사를 하러 들어가 볼까요?"

"와아~!"

"저희 마침 배고팠는데… 사주시는 거예요?"

"예? 저, 전 돈이 별로……."

"와! 사주신데?"

"만세!"

"멋쟁이!"

아홉 명의 소녀.

하나같이 예쁘장하고 귀여운 터라 정말 거리가 훤해지는 것 같았다. 소녀들이 좋아하자 처음엔 당황하던 남자 리포터도 곧 헤벌쭉 웃으며 고개를 끄덕였다.

"좋아, 제가 쏩니다!"

"와아아아!"

그러자 더욱 큰 환호로 화답하는 소녀들.

난 혀를 차면서도 그게 방송이겠지 싶어 씁쓸한 마음이 들었다. 소녀들은 정말로 식사를 못했는지 모두가 기운이 없어 보였고, 남자 리포터 또한 쏘겠다는 말을 하면서도 지갑이 들어 있는 뒷주머니를 만지작거리는 모습이 참 안타까웠던 것이다.

"어?"

그때 소녀들 중 누군가가 날 봤는지 카메라가 꺼지자 금방 아는 척을 했다. 곧 소녀들 모두의 시선이 나에게로 향했고, 무척 반갑다는 듯 나에게 다가와 말을 건네기 시작했다.

"오빠, 오랜만이네? 그동안 잘 지냈어?"

"물론이지. 그나저나 너희는 참 바쁜가 보구나. 그동안 연락도 없고. 섭섭~ 했다."

내가 너스레를 떨자 소녀들이 멋쩍게 웃었다. 그중 한 멤버가 내게 말을 건넸다.

"마침 잘됐다. 우리 기다려 줄 수 있어? 이거 끝나고 진짜 식사하러 갈 건데… 그때 같이 이야기나 좀 하자."

"맞아! 오빠 식사 안 했지?"

"그래. 밥 안 먹었다. 홀로 쓸쓸히 식사하려던 참이었는데 마침 잘됐네. 내가 맛있는 거 사줄 테니까 촬영 끝나면 식사나 같이하자."

"와아!"

비록 리포터가 식사를 사준다고 했지만 촬영하랴 뭐하랴 하다 보면 음식을 시킨다 해도 먹을 수 있을 리 없었다. 말 그대로 그림의 떡이 되는 것이다. 그렇다고 촬영이 끝난 후 다 식어버려 남은 음식을 먹는다는 것은 대외적인 이미지에 좋지 않다.

겨우 식사 하나 사준다는 소리에 저렇게 기뻐하는 아이들을 보며 난 기획사 사정이 좋지 않음을 알 수 있었다. 분명히 비주얼적인 면이나 내가 봤던 실력적인 면이나 일반적인 아이돌과는 분명 다른 소녀들이었다. 한데 식사도 제대로 지원받지 못할 정도면 버는 돈도 얼마 많지 않을 것임에 분명했다.

"자자, 슛 들어갑니다. 준비해 주세요."

"아, 가봐야겠다. 곧 가요!"

"빨리 가자. 또 혼나겠다."

소녀들은 그렇게 자리에서 벗어났고, 난 한숨을 내쉬었다.

그러나 미처 생각 못한 게 있었다. 바로,

"…당신, 나인 테일즈와는 어떻게 아는 사이지? 무척 반가워하던데……."

"최근 들어서 저렇게 웃으며 좋아하는 모습은 처음이
지, 아마?"

"감히 우리의 소녀들에게……."

"건방진!"

"하하하!"

주위를 둘러싸고 있는 삼촌 팬들이었다.

난 어색하게 미소를 지었다.

소녀들이 나올 때까지 난 적잖은 시간 동안 고통을 감
내해야 했다.

그래도 점잖은 팬들이었기에 망정이었지, 그게 아니었
다면 난 난폭한 그들 무리에 의해 말린 오징어포가 되었
을 것이다. 어쨌든 시간이 지나자 드디어 모든 촬영이 끝
났고, 난 소녀들과 함께 차에 올라탔다. 난 여기서 하나
더 안타까움을 느꼈다. 벌써 비록 미니 앨범이긴 했지만
두 장의 앨범을 냈음에도 허름한 봉고차 두 개로 나눠 이
동하고 있었던 것이다. 미니 밴 두 대도 아니고, 그렇다
고 괜찮은 중형차도 아니고. 아무래도 회사에 적잖은 문
제가 발생한 듯했다.

그렇게 차를 탄 우리는 근방에 있는 갈비집으로 이동
했다.

오랜만에 갈비를 먹는다는 소리에 소녀들은 무척이나 기대하는 모습을 보이면서도 계속 나에게 미안해했다. 도착하자마자 난 먼저 문을 열고 들어가 매니저 몫까지 십 인분의 갈비를 주문했다. 여기서 적잖은 돈이 소모됐지만 소녀들이 기뻐하는 모습을 보니 기분이 좋았다.

그렇게 소녀들이나 나나 오랜만에 먹는 고기 파티가 시작되었다.

"뭐? 회사가 부도 직전이라고?"

"응. 아무래도 도망간 사장이 사채 쪽에 손을 댔었나 봐. 지금 사장 아들이 어떻게든 회사를 살려보겠다고 발버둥을 치고 있는 것 같은데 벌써 데뷔 준비를 하고 있던 연습생들은 모두 나가 버렸어. 남은 사람도 이제는 지훈이 오빠 말고는 없어."

"아……."

이렇게 공교로울 수가 있는가?

사채라니?

물론 정말 어지간히 큰 곳이 아닌 웬만한 기획사들이 빚을 지며 운영한다는 사실은 지금에 와서 그리 대단한 정보도 아니었다. 하지만 사채 때문에 사장이 도망을 갔고 소식이 끊긴 지 적잖은 시간이 흘렀다라고 한다면 아무래도 뭔가 냄새가 나는데?

"그래서 우리도 어떻게든 회사를 살려보려고 하긴 하는데 아무래도 좀 힘들 것 같아서……. 사람도 많으니 우리 받아줄 곳도 없을 테고. 후우."

"쩝, 그래서 식사도 거른 거구나. 자자, 많이들 먹어. 아직 돈 많으니까."

"고마워, 오빠."

얼마나 좋아하는지 어떤 소녀들은 눈물을 글썽일 정도였다.

에휴, 정말 사회가 왜 이렇게 돌아가냐? 저 어린것들이 뭘 잘못이라고. 콕 꼬집어 말해야 한다면 이런 더러운 연예계에 발을 들였다는 거?

난 안쓰러운 표정으로 아이들을 지켜봤다. 난 지나가는 어투로 물었다.

"너희 같은 애들이 많니?"

"응. 장난 아니야. 우리와 친한 언니나 오빠들 중에서도 같은 처지인 사람들이 많아. 정말 실력도 있는데… 회사에서 밀어주지 못해 쉬고 있는 사람들도 꽤 있어. 계약이 끝나지 않아서 다른 곳에서 부르는데 이동하지 못하는 경우도 있고, 여러모로 참 힘들어."

"그렇구나. 그런 사람이 꽤 된다라… 흐음."

그때 내 머리에 어떤 생각이 하나 스쳐 지나갔다.

흐음, 어쩌면 이 기획, 깡그리 바꿔야 할지도 모르겠는데?

그렇게 식사를 마친 우리는 다음 만남을 기약하며 아쉽게 헤어졌다. 난 바로 회사로 달려갔고, 곧 선우와 현정이에게 내가 방금 떠올린 기획안을 설명하기 시작했다.

"흐음."

선우는 진지하게 고민했다.

기획이 엉망이었으면 두말할 것도 없이 거절했겠지만 이렇게 한참을 말없이 고민한다는 건 재고의 가치가 있다는 증거일 터였다.

곧 현정이가 평소에는 절대로 보기 드문, 너무도 진지한 표정으로 선우에게 물었다.

"나쁘지는 않지?"

"응. 형 머리에서 나온 아이디어치곤 참 괜찮아. 도박성이 좀 짙긴 하지만 나름 새로운 문화를 만들 수 있겠는데?"

"그치? 나 처음 듣고 정말 놀랐어. 이야~ 우리 유빈이 오빠, 이런 생각을 어떻게 떠올렸을까?"

"하하하! 너희들은 모르겠지만 말이야, 내가 사실 어릴 적부터 신동이라는 칭찬을…….”

“오빠, 수겸이 삼촌에게 연락하자.”

“그렇지? 음, 좋아. 그럼 그렇게.”

내 재능을 인정하지 못하다니!

아주 당연하다는 듯 내 말을 잘라먹은 두 사람은 곧 수겸이 삼촌에게 전화를 걸었다.

난 불안에 툴툴대면서도 한편으로는 두근거리는 심정으로 선우와 삼촌의 통화를 지켜보았다.

간단히 말해 삼촌은 대찬성을 하셨다. 그것도 모자라 자신도 도움을 주겠다고 하며 곧 오겠다는 말을 하셨다.

그렇게 새로운 기획이 시작되었고, 예정했던 공연은 한참을 미뤄지게 되었다.

한 달이 흐르고 또 한 달이 흘렀다.

그동안 정말 얼마나 많은 일이 있었는지 모른다.

사실 이 공연 자체가 몇 달 만에 가능한 공연은 아니었다.

그러나 방송에, 그리고 인터넷의 사람들이 많이 모이는 포털에 대대적으로 행사에 대한 광고를 시작했다.

난 계속해서 상황을 보며 반응들을 체크했고, 처음에

는 그저 그랬던 반응들이 점점 뜨거워지는 것을 보며 한 가닥 희망을 느꼈다. 급히 홈페이지도 만들어졌다.

그렇게 시간은 계속해서 흘러 마침내 모든 준비가 완료될 때 즈음, 홈페이지 방문자 수는 어느덧 불과 몇 주 만에 백만을 넘어가게 되었다.

그리고 드디어 결전의 그날이 다가왔다.

웅성웅성.

수많은 이들이 여의도 공원으로 향하고 있었다.

이미 여의도 공원 내에는 수없이 많은 인파가 몰린 탓에 발 디딜 틈조차도 없었지만 여기저기서 플랜카드와 현수막, 풍선 등의 응원 도구들을 잔뜩 들고 나타난 이들 탓에 군중들의 압박은 더욱 심해졌다.

확실히 초기 반응치고는 대박이었다

더구나 무료 공연도 아니고 오천 원이라는, 사실 공연 값치고는 비교적 저렴한 가격의 돈을 받았을 뿐이다.

이미 공원 정면에는 거대한 무대가 마련되어 있었고, 가수들은 뒤에서 각자 준비해 왔던 것들을 마지막 점검하며 열심히 준비하고 있었다.

그런 총체적인 것들을 살피고 있는 내게 한 스태프가 급히 달려와 말했다.

"지금 김수겸 사장님이 찾고 있습니다. 상황실로 빨리 오시랍니다."

"네. 곧 가겠습니다."

난 그렇게 대답한 뒤 마지막으로 한곳에 시선을 집중했다. 그곳엔 큰 헤드폰을 낀 채 한쪽 구석에서 조심스럽게 안무를 추며 노래를 부르고 있는 미란이의 모습이 보였다. 오늘의 나는 미란이의 매니저, 그리고 소속사 사장님이기에 앞서 이 프로젝트의 기획위원으로 참여했으니 공정을 기해야 한다.

그래도 솔직한 심정으론 내가 맡고 있는 연예인, 미란이가 우승을 했으면 하는 게 정말 솔직한 심정이었다. 이번 프로젝트 공연에서 우승을 하게 되면 돌아오는 대가가 그야말로 엄청나기 때문이다. 한참을 걸어 무대 뒤로 가니 큰 막사가 하나 보였다. 막사를 걷고 안으로 들어가니 이미 삼촌을 비롯한 많은 이들이 원형 테이블을 둘러싼 채 회의에 열중이었다. 특이 사항은 그곳에 현존하는 국내 최고의 세 명의 MC 중 한 명인 김수원 씨가 함께하고 있다는 점이었다.

수겸이 삼촌이 날 발견하곤 반가운 표정으로 말했다.

"아, 왔니? 어서 자리에 앉아라."

"네."

난 짧게, 그러나 정중히 대답하며 빈자리에 앉았다.

그러자 삼촌의 주도하에 본격적인 회의가 시작되었다.

"지금까지 들어온 보고에 의하면, 공원에 운집한 관객의 수는 대략 삼만 명 정도입니다. 못 들어오고 있는 사람들만 삼천이 넘는다고 하는군요. 어찌 보면 대성공이지만 좀 아쉬운 면도 많습니다. 좀 더 큰 곳을 섭외했다면 더 좋았을 뻔했네요."

"하하하!"

삼촌의 말에 모두가 즐겁게 웃었다.

확실히 그 정도 숫자면 성공도 대성공이라 해야 마땅했기 때문이다.

삼촌 역시 웃으며 좌중을 둘러보다가 진지한 표정으로 말했다.

"이것이 첫 시작입니다. 뭐, 사실 제가 이런 말 하면 좀 우스울지도 모르겠지만 이미 메이저라 불리는 방송계는 외국 계열의 거대 회사들이 장악을 한 터라 국내의 어지간한 기획사는 스케줄을 잡기도 어려운 실정입니다. 거대 자금들의 유입에 밀리고 있는 현 시점에서 오늘의 프로젝트 공연은 새로운 문화 창출을 위한 큰 시발점이 되

리라 생각합니다. 공연에 협조해 주신 여러 기획사 대표
님들께 감사의 인사를 드립니다."

짝짝짝!

삼촌이 고개를 숙이며 인사하자 모두가 뜨거운 박수를
터뜨렸다.

지금 이 천막에 모인 이들은 모두가 부도 직전의 중, 소
형 기획사의 대표들이었다. 소속 가수들이 실력도 있고
열정도 있으나 여러 가지 사정에 밀려 제대로 활동도 못
하는 이들. 오늘 이 자리에는 보는 것만으로도 너무도 안
타까웠던 진정한 실력파 가수들, 또는 재능있는 신인들
이 모이는 자리였던 것이다.

내가 제시한 기획은 다름이 아니었다.

그런 가수들을 모두 한자리에 초청해 각 가수당 두 곡
씩, 기존에 발표하지 않았던 새로운 곡과 무대를 준비한
다. 그래서 소정의 입장료를 받고 관객들을 초청하여 순
위를 매긴 후 수익금을 분배해 상금으로 지급한다.

단, 순위는 오로지 하나. 1등밖에 없다.

말 그대로 상금 몰아주기인 것이다.

이것을 국내의 모든 주요 도시에 돌아다니며 시행한
다.

단, 이것은 어떤 방송으로도 방영하지 않으며 철저하

게 도시 순회공연 프로젝트로 실행한다. 모든 심사는 철저히 관객들에게 맡기고, 그 결과 등을 집계 후 현장에서 공표한 뒤 바로 상금 수여식과 앙콜 무대를 갖게 한다.

당장 모인 3만 명과 오천 원이라는 금액을 추산한다 해도 일억 오천이다.

규모가 더 커지고 곳곳을 돌아다니며 이런 행사를 한다고 가정했을 때 그 액수는 상상을 초월할 것이다.

사실 삼등까지 순위를 매기는 것도 생각해 봤지만 그렇게 된다면 내가 기획한, 일명 상금 몰아주기 공연에 큰 메리트가 사라져 버릴 것 같았다.

여기서 중요한 건 큰 기획사의 이미 인지도가 어지간한 메이저를 초월한 탑 클라스의 가수들은 절대로 초청하지 않는다는 점이다. 이 공연은 철저하게 실력은 있으나 외면받고 있는 신인, 어려운 기획사 등을 도와주기 위해 제공한 서바이벌 프로젝트다.

말 그대로 참가한 모든 관객들이 심사위원이 돼서 평가하고 상금을 주는 공연이었기에 수뇌부 측에 의한 조작이나 그런 것들은 절대로 있을 수가 없다.

말 그대로 부족하고 없어서 서러운 가수들을 위한 무대.

그것이 바로 이번 제1회 Korea Dream Singer Festival

이다.

"그럼 시작합시다. 첫 시작은 우리가 열어야 하지 않습니까?"

"하하하하! 가수도 아니면서 무대에 서려니 떨리는군요. 노래 부르는 것도 아니고 선서하고 내려오는 것뿐인데……."

"상징적이긴 해도 가장 중요한 게 바로 선서입니다. 깨끗하게 이번 공연에 임하겠다는 결의. 먼저 우리가 그것을 확실하게 보여줘야 관객들도 믿을 수 있을 것입니다. 슬슬 시간이 됐군요. 나갑시다."

그 말을 끝으로 삼촌과 기획사 대표들은 당당하게 천막을 나섰다.

"선서!"

사회자의 소개로 무대에 늘어선 대표들은 손을 들고 선언문을 낭독했다. 갑작스런 상황에 처음에는 '뭐야?' 하고 어리둥절해하던 관객들이었지만 곧 취지와 그 상징성에 대해 이해를 했는지 곧 고개를 끄덕이며 납득하는 모습을 보였다.

깨끗한 프로 의식을 바탕으로 공연에 임하겠다는 낭독문.

"…선서합니다!"

"와아아아아!"

"휘이이익!"

짝짝짝!

펑! 펑펑!

마침내 선언 시간이 끝나자 커다란 함성과 함께 박수, 그리고 준비했던 폭죽과 무대 장치들이 한꺼번에 치솟아 올라 분위기를 달아오르게 했다.

그것을 시작으로 드디어 본격적인 공연이 시작되었다.

참가 팀 스무 명.

고르고 골라 선정한 그들은 모두가 하나같이 나름 눈물 나는 사정들을 가지고 있었다.

개인적으로만 보면 모두가 1등을 해야 할 이유를 가지고 있는 사람들이었다.

처음 우리는 그 명단을 받았을 때 적잖이 고민했다.

과연 이것을 인터넷에 게시를 할지 말지에 대해서 말이다.

자칫하면 사연없는 사람은 나오기 힘들다는 이미지를 줄 수도 있었고, 무엇보다도 동정심을 이용한 마케팅이라는 우려를 줄 수 있을 것 같았다. 하지만 결국 우리는 이 사연들에 대해 게재하기로 결심했다.

이유는 다른 게 없었다.

동정심 마케팅이니 뭐니 해도 결국 운영위원회 측에서 가져갈 수 있는 돈은 하나도 없기 때문이었다. 물론 개최하는 데 드는 비용이 적지 않았지만 삼촌은 초기 비용은 투자비용이라는 식으로 말씀하시며 수익을 모두가 보는 가운데서 투명하게 일을 처리하겠다는 말씀을 하셨고, 그에 대한 각서조차도 올려놓으셨다. 공연에 들어간 비용 등을 상세히 개재하면서 말이다.

1등을 하며 얻게 되는 엄청난 상금.

아마 참가 가수들은 그 돈을 얻게 되면 어려운 기획사를 살리는 데 보태거나 활동 자금으로 쓰게 될 것이다. 물론 몇몇 이들은 정말 집에 피치 못할 사정이 있어 그것을 해결하는 데 쓸지도 몰랐다.

일단 이곳 여의도에서 개최하여 들어오게 되는 돈만 1억 5천 가량이다.

지방 도시를 모두 순회하여 들어오는 금액을 종합하여 얻게 되는 상금만을 따져 봤을 때 그 액수는 상상도 할 수 없을 지경이다.

이 공연에서의 중요한 것은 바로 투명성!

조금의 부정이라도 발생할 시 이 프로젝트의 의도 자

체가 완전히 망가지는 것은 물론, 관객들에게 신뢰성을
잃게 되어 차라리 안 하느니만 못한 엄청난 타격을 입게
될 것이다. 물론 그에 관항 사항들도 우려해 이번 기획에
참가한 대표들에게 각서를 받았고, 그것도 모두 인터넷
에 공개한 상태였다.

공연이 지속되는 내내 관객들은 정말 뜨거운 반응을
보였다.

무엇보다도 주목할 만한 점은 바로 참가 가수들에 대
한 것.

그들은 정말 이번 대회에 사력을 걸었는지 할 수 있는
모든 것을 총동원해 필사적으로 임하는 모습을 보여줬
다. 비록 개인당 두 곡만이 주어졌을 뿐이지만 말 그대
로 상상도 하지 못했던 기획과 아이디어들이 툭툭 터져
나왔고, 그럴 때마다 그 기발함과 철저한 준비성, 그리
고 가수들의 소화 능력에 관객들은 열띤 환호를 보냈
다.

그중 신인들의 분발도 상상 이상이었다.

역시 그중에서도 신인군에 속했던 미란이의 무대가 가
장 놀라웠다.

중독성 깊으면서도 퀄리티 높은 곡과 가사.

무엇보다도 그 곡을 통해 무대를 꾸미는 미란이의 매

력과 카리스마 등에서는 말로 설명할 수 없는 거대한 독기가 뿜어져 나왔기 때문이다. 정말 매일같이 지켜보던 나도 새삼스럽게 놀랄 정도였으니 다른 이들의 반응은 거론할 필요가 없을 것이다.

무엇보다도 저 곡은 전설적인 뮤지션인 내 아버지가 보내준 곡과 안무가 아니었던가?

미란이의 무대가 끝난 후 이십여 분간의 휴식이 시작되었는데, 공연을 지켜보던 관중들은 미란이의 무대 중에서도 특히 아버지가 만들었던 곡의 무대에 큰 관심을 보이며 춤동작이니 노래 부분 등을 따라 하는 모습들이 연출되곤 했다.

비록 방송에 나오지 않는 비공식적인 무대라 할지라도 데뷔는 충분히 성공적이라 볼 수 있을 것이다.

나인 테일즈의 무대 또한 무척 놀라웠다.

무엇보다도 이전까지 고수해 오던 예쁘장하고 깜찍한 요정들의 이미지를 완전히 지워 버린 게 주목할 만한 점이라 할 수 있었다.

실력있는 아홉 여전사의 라이브 무대.

아홉 명이라면 대강 삼, 사 분 정도밖에 안 되는 곡을 파트 분할하기도 벅찰 인원이었지만 라이브로 생생히 전

달되는 완벽한 화음과 정확한 군무는 곡을 더욱 풍성하
게 만들어주었고, 더욱 흥을 돋우었다. 그야말로 탄성이
절로 터져 나올 수밖에 없는 훌륭한 무대였다.

　그렇게 시간이 흘러 드디어 첫 공연 마감의 때가 다가
왔다.

　"감사합니다. 프로젝트의 첫 시작이라 걱정도 우려도
많았지만 오늘 이렇게 환호를 보내주신 여러분 덕에 행
복한 공연이 될 수 있었던 것 같습니다. 심사 위원이자
공연의 주인이신 여러분께 모든 가수들과 공연 관계자들
을 대표하여 감사의 인사를 보냅니다."

　MC의 멘트에 무대에 올라온 모든 가수들이 관객들을
향해 폭 고개를 숙였다. 그러자 거센 환호와 박수가 터져
나왔다. 박수가 가라앉을 때쯤, MC가 드디어 모두가 기
다렸던 최종 순서를 진행했다.

　"그럼 진행 요령을 가르쳐 드리겠습니다. 무대 위쪽에
커다란 전광판이 보이실 겁니다. 그리고 여러분이 입장
하셨을 때 나눠 드렸던 1회용 전자 버튼, 아직도 가지고
계시죠? 그것을 마음에 드시는 팀의 순서가 올 때 눌러주
시면 됩니다. 표결 처리는 현장에서 그대로 공개됩니다.
자, 고민할 수 있는 시간, 정확히 1분 드리겠습니다."

두두두두둥!

마음을 긴장시키게 하는 효과음이 터져 나온다. 괜스레 나조차도 긴장이 되었고, 가수들은 말할 필요도 없었는지 안절부절못한 모습을 보였다. 모두가 꼭 상금을 타야 할 사연이 있는 가수들이었기에 그들은 여느 공개 방송이나 기타 콘서트 무대보다도 더욱 긴장한 모습이었다.

길었던 1분이 드디어 끝났다.

"네. 그러면 지금부터 제1회 Korea Dream Singer Festival! 서울에서 열린 첫 공연의 1등을 가려보도록 하겠습니다! 그럼 우선 제일 처음에 나왔던 솔로 R&B 가수 제이로 군의 성적부터 확인해 보도록 하죠. 자, 보여주세요!"

그것을 시작으로 전광판에 표가 하나둘씩 올라가기 시작했다.

가수들은 자신의 차례가 올 때 기쁨과 절망하는 모습을 보이며 관객들과 관계자들을 더욱 안타깝게 했다. 하지만 어쩔 수 없었다.

이곳은 기회의 장이기도 했지만 철저하게 냉정한 승부의 장이기도 했기 때문이다.

그렇게 모두의 표결이 공개되고 드디어 마지막인 미란

이 차례가 오게 되었다.

　나와 미란이는 한 심정으로 두 손을 꼭 모은 채 전광판을 바라봤다.

　그리고…….

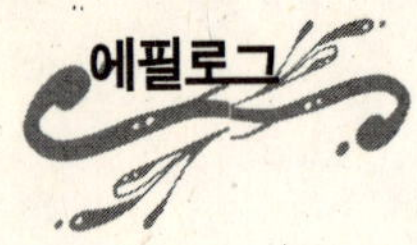

에필로그

그날의 공연은 크게 성공적이었다.

모든 언론이 대서특필했고, 외국에서도 이 일은 큰 화제가 되어 각 방송에 소개되곤 했다.

무엇보다도 큰 것은 바로 네티즌들의 관심이었다.

철저한 서바이벌이었지만 그 공연에 감명받은 네티즌들은 자신들이 마음에 들었던 가수들을 위해 자체적으로 모금하여 소액이나마 돈을 지원해 주기도 하는 모습을 보며 모두의 가슴을 훈훈하게 했던 것이다.

1등이 누구냐고?

진부한 표현이긴 하지만 난 그날 모든 참가자들을 1등이라 말하고 싶다.

사실 등수도 참가했던 모든 가수들의 표차가 큰 변동 없이 정말 몇 표 차로 아깝게, 탄성이 나올 정도로 아깝게 차이가 났기 때문이다. 그래서 그날 일에 대해서는 별로 생각하고 싶지 않다.

어찌 되었든 우리는 아직 신인이고 변한 건 별로 없기 때문이었다.

그러나 Korea Dream Singer Festival은 큰 의미로 남아 내년, 아니면 내 후년에도 개최가 될 수 있도록 노력해 볼 생각이다. 부산 공연을 마지막으로 프로젝트는 끝났지만 운영진과 가수들의 뒤풀이 행사 때 모두의 만장일치로 이 의견을 제시하고 가장 많이 노력을 했던 내가 명예 회장이 되었기에 이후의 행사 여부는 내 의지에 달려 있다 해도 과언이 아니게 되었다.

그날의 일은 대한민국, 그리고 세계 모든 사람들에게 방송에서만이 이루어지던 새로운 음악 문화의 탄생일이 되었고, 멈춰 있던 세계 문화계는 또다시 변화하게 되었다.

여기저기서 우리가 개최했던 프로젝트 형식을 빌린 공연들이 생겨나게 되었던 것이다.

방송, 권력자들의 입과 욕망으로 이루어지던 오버 그

라운드 문화를 타파하고 오로지 그것을 즐기는 민중들에 의해 이루어지는 새로운 문화 창출. 세계는 또 다른 문화 열풍이 휘몰아치기 시작했다.

어쩌면 이 공연은 그 시작점일 수도 있다는 생각이 들었다.

이익과 타협하지 않고 깨끗한 나의 길을 걸을 수 있는 방법.

물론 기존의 관습대로라면 그것은 어려운 일이 될 것이다.

하지만 처음부터 쉬운 일은 없다.

천천히, 그리고 내가 믿고 모두가 원하는 길을 걸으면 결국 꿈은 이루어질 것이라 믿는다.

무모한 꿈.

그러나 난 노력하고 또 노력하면 언젠가는 반드시 그 꿈이 싹을 틔우리라 믿는다.

세상의 발전은 언제나 그 작은 믿음과 노력 아래에서 이루어져 왔으니까.

Music on 3권 끝